MICHEL GRIMAUD

L'ASSASSIN CRÈVE L'ÉCRAN

COUVERTURE DE NICOLLET

RAGEOT•ÉDITEUR

*À Roland Chalbos,
À Jean-Marc Badia,
et aux enfants de l'école Jean Jaurès,
À Alice et Camille*

Collection dirigée par Caroline Westberg

ISBN 2-7002-1154-5
ISSN 1142-8252

© RAGEOT-ÉDITEUR – PARIS, 1991.
Tous droits de reproduction, de traduction et d'adaptation réservés
pour tous pays. Loi n°49-956 du 16-07-1949 sur les publications destinées
à la jeunesse.

DES PAS SUR LE SABLE

– Je te vengerai, dit-elle entre ses dents.

La pleine lune jetait sur les eaux du lac un voile étincelant comme de l'acier poli. Les remous provoqués par les rames et les vaguelettes autour de l'étrave scintillaient. Des chouettes ou des hiboux hululaient dans les bois. Malgré l'effort qu'elle venait de fournir pour s'éloigner de la rive à l'aviron, elle frissonnait. Elle portait une simple robe d'été sans manches, trop légère à cette heure tardive où une fraîcheur sournoise montait de l'eau. Des reflets d'or s'accrochaient à ses longs cheveux. Elle tourna la tête et découvrit la masse confuse de l'île, toute proche maintenant. Elle en fit lentement le tour, jusqu'à ce qu'elle rencontrât un ponton, auquel était amarré un canot à moteur. Accostant du côté opposé au canot, elle regarda en direction de la maison, au centre de l'île, où brillaient des lumières.

– On dirait que la chance me sourit, murmura-t-elle en quittant la barque.

A quelques dizaines de mètres de là, elle venait en effet de distinguer une silhouette masculine, qui marchait à sa rencontre. L'homme était vêtu d'une robe de chambre, dont le tissu soyeux luisait. Il avançait, les mains aux poches, d'un pas de promeneur, et s'arrêtait parfois pour contempler les arbres bleuis de lune. A sa dernière halte, l'homme entendit soudain crisser le gravier de l'allée.

– Vous voilà déjà ! lança-t-il sans s'émouvoir, d'une voix au timbre agréable.

Il aperçut la visiteuse, qui arrivait droit sur lui. Il retira les mains de ses poches, avec un léger mouvement de surprise.

– Mais, ce n'est pas... Bonsoir madame, mademoiselle... enfin, excusez-moi : je vous vois mal.

Elle marchait toujours sans un mot, ni hésitante, ni pressée : résolue. Il vit enfin que c'était une jeune fille. Elle inclina la tête de côté, eut un sourire froid découvrant des dents nacrées, petites et serrées. Il remarqua aussi sa robe d'été, bleue assurément, qui faisait des froufrous. Alors il la reconnut, recula d'un pas, comme s'il s'agissait du diable.

– Qu'est-ce que c'est que cette histoire ? fit-il d'une voix étranglée.

Elle parvint tout près de lui, il sentit son parfum ambré, un peu trop prononcé, commun et dont il s'étonna d'avoir conservé le souvenir. Il se mit à trembler.

– Non, c'est impossible !

La jeune fille tendit une main pour toucher son visage, il se déroba avec un écart violent, qui faillit le jeter à terre et s'enfuit vers la villa, glacé d'effroi.

Olivier avait rendez-vous avec le diable, ça l'amusait beaucoup. Il sifflotait gaiement, au volant de la vieille Mercedes achetée d'occasion un an plus tôt à son rédacteur en chef. Olivier était particulièrement fier de sa belle carrosserie blanche et de ses sièges de cuir brun.

Brusquement, le lac de Mabrançon apparut entre les arbres, d'abord une simple tache miroitante, puis une langue verdâtre étirée mollement au creux des collines dorées par la forêt d'automne, dont la route sinueuse se rapprochait insensiblement. D'après son hôte, il devrait bientôt franchir un pont et il serait presque arrivé. Olivier repensa avec un sourire à l'exclamation d'Angéla, quand il avait annoncé son voyage.

– Il accepte de te recevoir, LUI ? Quel veinard ! Emmène-moi Olivier, je me ferai toute petite pendant l'interview.

– C'est bien trop dangereux, tu risquerais d'y perdre ton âme.

– Il a des yeux, mais des yeux... Tu as vu ses yeux ? Je suis folle de ce type !

– Moi tu sais, je pense surtout au scoop...

– S'il te plaît Olivier ! Je serai ta photographe...

– Justement, il m'a demandé de venir seul, ma douce. Le diable tremble à l'idée qu'on dévoile son repaire au public. Il m'a dit : « Pas question de paparazzi chez moi, qui mitrailleraient mon île, ma garde-robe et ma chambre à coucher ! » Je dois faire les photos moi-même et uniquement celles qu'il me permettra de prendre. Heureusement que je sais me débrouiller avec un appareil.

Le pont attendu le mena près de la rive du lac proprement dit, dans une vallée profonde et large. Le plan d'eau s'étalait presque à perte de vue, cerné de bois roux en pente, calme, beau. On voyait une petite île vers le milieu du lac, ébouriffée d'arbres flamboyants. Olivier roula lentement en admirant le paysage, jusqu'à ce qu'il arrivât devant une auberge. C'était une bâtisse sans étage et sans âge, couverte de lierre, plantée en bordure d'une plage de sable gris. Volets clos, parking vide, à l'exception d'une Range Rover beige... Il ne semblait pas y avoir un chat dans le coin, mais Olivier était prévenu : à la fin septembre, l'auberge fermait pour les congés annuels. Il gara la voiture près de la Range Rover, sortit et s'étira en regardant alentour. Un appontement de planches du côté de l'eau, des pédalos et des canoës serrés les uns contre les autres sous un hangar fermé de grilles, des tables et des chaises de plastique blanc empilées le long de la façade de la maison, une cabine téléphonique au bord de la route... Il fouilla ses poches à la recherche d'une pièce de monnaie.

La sonnerie retentit presque aussitôt, une fois, deux fois, trois fois. Olivier regardait l'île à travers la vitre ; elle paraissait très proche vue d'ici. Il lui semblait qu'il pourrait presque entendre le téléphone sonner là-bas, en tendant un peu l'oreille.

– Alors coco, tu réponds, oui ou non ?

A la dixième reprise, Olivier raccrocha. Ça le gênait d'insister davantage, son correspondant devait être occupé à sa toilette, ou bien il se trouvait à l'extérieur de la villa.

– Quand vous serez à l'auberge, avait dit le diable, appelez-moi de la cabine publique. Je viendrai vous chercher en canot à moteur, à moins que vous ne préfériez ramer ? Dans ce cas, empruntez la barque que vous trouverez au débarcadère, elle m'appartient. Ce sera à votre choix, mon vieux...

Olivier retourna à la voiture chercher la sacoche de son appareil photo, vérifia la présence du bloc-notes et de son stylo à bille dans la poche à soufflet, puis il gagna le ponton, mais il parvint à son extrémité sans trouver d'embarcation.

– Voilà autre chose !

Déconcerté, il explora les environs du regard et finit par repérer la barque, échouée à une centaine de mètres au bout de la plage, partiellement masquée à sa vue par un tronc d'arbre mort couché sur le sable. La barque, mal amarrée, avait dû dériver peu à peu. Une volée de minuscules oiseaux partit d'un laurier à son approche, avec des piailleries aiguës. Ils s'élevèrent à travers le ciel en nuée changeante, puis plongèrent soudain vers l'île, où ils disparurent.

Alors qu'il atteignait la barque, Olivier s'avisa que des empreintes de pas marquaient le sable, auxquelles il n'avait d'abord prêté aucune attention. Elles allaient en ligne droite de l'embarcation au parking. Quelqu'un s'était donc servi de celle-ci, sans prendre la peine de la ramener à l'appontement... Par jeu, Olivier s'attarda un instant à examiner les traces. Etroites et de taille réduite, elles provenaient de souliers assez pointus, avec un petit talon plat : des pieds d'enfant, ou alors de femme.

– La fiancée du diable ! fit Olivier en riant. Autrefois, quand il était gamin, il passait toutes ses vacances à la mer, mais il n'avait jamais appris à ramer. Olivier commença par tourner en rond, puis il s'éloigna du rivage en zigzaguant, en direction du pont. Il finit quand même par améliorer sa technique et, le cou tordu pour regarder par-dessus son épaule où il allait, il mit approximativement le cap sur l'île. Au bout d'une demi-heure d'efforts, il accosta à la première langue de terre qui se présenta, en saccageant une superbe nappe de roseaux à têtes brunes veloutées, qu'il décapita par maladresse à grands coups de rames.

– Flûte ! Il va me prendre pour un vandale.

Olivier se déchaussa et retroussa le bas de son pantalon, avant de sauter à l'eau et de tirer la barque sur la berge. Devant lui, un bosquet de bouleaux au sol jonché de feuilles mortes s'élevait en pente douce. Il remit ses souliers, s'enfonça sous les arbres.

La villa occupait le centre de l'île, cernée par une pelouse d'un vert soutenu. C'était une habitation de bois, d'allure californienne, dont le vaste toit gris descendait d'un côté presque jusqu'au sol, avec une galerie à l'étage et de larges baies coulissantes un peu partout. En contournant la maison à la recherche de l'entrée principale, Olivier découvrit une piscine, creusée dans le prolongement d'une terrasse dallée de marbre ocre. Il gagna la terrasse, puis s'approcha de la porte-fenêtre ouverte, qui donnait accès à une grande pièce de séjour. Olivier engagea la moitié du buste à l'intérieur, appela :

– Il y a quelqu'un ?

Au son de sa voix, un magnifique chat noir angora jaillit d'un canapé de cuir, leva vers l'intrus un regard orange halluciné, avant de disparaître on ne sait où en crachant des injures. Olivier attendit quelques instants, puis comme personne ne répondait, il fit demi-tour et les mains en porte-voix, cria depuis la terrasse :

– Monsieur Delanion ! Monsieur De-la-ni-oooon !

Le seul résultat qu'il obtint fut de faire envoler d'un arbre, piaillante d'émoi, la même bande de petits oiseaux que tout à l'heure. Ils filèrent du côté de la terre invisible. Olivier triturait entre des doigts nerveux ses favoris et son épaisse moustache brune, signe chez lui d'extrême embarras.

– Il a oublié notre rendez-vous et il est parti se balader, se dit-il. Pourtant, j'ai pris la précaution de téléphoner hier après-midi, pour m'assurer qu'il n'y aurait aucun malentendu... Quelle barbe ! Je travaille moi, môssieur, je ne viens pas faire du tourisme ! Sans compter qu'il va falloir encore ramer, j'en ai déjà plein le dos...

Furieux et troublé en même temps, Olivier s'écarta de la maison, sans pouvoir se résoudre à retourner à la barque. Il espérait encore que son hôte négligent allait revenir d'une minute à l'autre d'une partie de pêche et que tout rentrerait dans l'ordre, mais au fond de lui-même perçait un désagréable pressentiment. Il régnait une atmosphère bizarre sur cette île, à la réflexion. Les gazouillis d'oiseaux, le bruissement sec des feuillages jaunissants, ne faisaient que souligner l'étrangeté de son silence. On eût dit le cadre d'une demeure en ruines depuis des siècles, où personne n'oserait s'aventurer par crainte d'une obscure malédiction. Quoi de plus naturel pour le gîte du diable, après tout ? Sauf que la maison, avec ses murs teintés d'acajou, ses vitrages propres et sa pelouse tondue de frais, paraissait flambant neuve. Sauf que le diable...

Olivier suivit une allée de gravier blanc, qui s'écartait de l'habitation entre deux lignes de thuyas taillés courts. Cette allée, passant au travers d'un bois de bouleaux et de saules, le conduisit au lac, devant un appontement de béton. Olivier se figea, étonné. Là, soigneusement amarré à deux anneaux de bronze, attendait un gros canot à moteur recouvert d'une bâche.

– Il est parti à la nage, l'animal ? Bon sang ! pourvu qu'il ne soit pas malade...

Brusquement inquiet, Olivier remonta en courant jusqu'à la villa. Il contourna la piscine, passa sur la terrasse et se glissa sans façon à l'intérieur du séjour.

– Monsieur Delanion, êtes-vous souffrant ?

Une moquette blanche, un mobilier moderne, un piano à queue, une cheminée pleine de cendres près de laquelle un escalier montait vers l'étage en mezzanine... Olivier avisa une ouverture derrière le piano à queue. Il la franchit et se retrouva dans une salle de billard, dont la table de jeu massive occupait le centre, sous un plafonnier spécial de métal laqué. Le chat noir, qui dormait lové sur le tapis vert, sauta à terre à son entrée et prit à nouveau la fuite en grondant comme un malappris. Une grande affiche de cinéma punaisée contre un mur fit un instant sourire Olivier. Le titre, *Lucifer le dimanche*, coiffait le haut de l'image en énormes capitales jaunes. On voyait au-dessous une jeune femme en robe rouge, cernée de personnages masqués de loups et vêtus de noir, avec au premier plan un homme aux yeux très verts, aux oreilles exagérément pointues, qui riait d'un air satanique.

Sortie le 15 octobre, précisait une inscription oblique, tandis qu'on pouvait lire au bas de l'affiche : FREDERIC DELANION, CLAIRE BALIZON, MAX MANGIN, dans un film de HENRI VIOT. Une production Saris Films – Patrice Moulin.

Olivier connaissait déjà l'affiche, bien que la campagne promotionnelle du film n'eût pas encore débuté à Paris. Un exemplaire en était parvenu au journal, en même temps que le dossier de presse habituel. Les films précédents d'Henri Viot n'avaient guère enthousiasmé le public, mais, grâce à la participation d'un acteur aussi célèbre que Delanion, on s'attendait cette fois à un succès commercial pour *Lucifer le dimanche*. Olivier se détourna de l'affiche et partit à la découverte du restant du rez-de-chaussée.

– Monsieur Delanion ?

Tout était silencieux. Devant lui s'ouvrait un couloir, avec plusieurs portes closes. Il frappa à chacune d'elle, ouvrit pour jeter un coup d'œil à l'intérieur de pièces désertes : un cabinet de travail, une chambre où personne ne semblait avoir dormi depuis longtemps, des toilettes, une salle de bain, une lingerie, un cellier... Au bout du couloir, il déboucha dans la salle à manger, séparée de la cuisine par un comptoir de bois verni, sur lequel traînaient un verre, des couverts et une assiette sale, avec des reliefs de repas. Olivier poussa une dernière porte et retrouva la pièce de séjour, son point de départ. Il leva la tête vers l'étage.

– Monsieur Delanion, c'est Olivier Baumont de *la Tribune de Paris*, êtes-vous là ?

Derrière la balustrade de bois qui bordait la mezzanine apparaissait la partie haute d'une bibliothèque, illuminée par un lampadaire halogène. Le jeune homme fronça les sourcils en triturant sa moustache. Il regarda autour de lui et s'aperçut qu'une applique était éclairée, au-dessus du canapé de cuir, détail qui lui avait échappé à son arrivée. De même que l'éclairage brillait à la cuisine... et dans le couloir aussi, maintenant qu'il y pensait ! En plein jour, la maison semblait pourtant remarquablement claire, grâce aux baies percées de tous les côtés.

« Puisque j'y suis, autant aller voir là-haut, » se dit-il.

Olivier emprunta l'escalier conduisant à la mezzanine. La première chose qui le frappa en débouchant à l'étage, fut le regard furieux du diable. Les fameux yeux verts de Frédéric Delanion, si grands, braqués vers l'escalier, depuis le fauteuil où il se tenait assis, la bouche ouverte. Olivier sursauta et sentit sa gorge se serrer.

– Oh ! Je ne voulais pas vous déranger...

Les mots étaient venus aux lèvres du journaliste instinctivement, mais en même temps qu'il les prononçait, l'inutilité de ses excuses lui apparut. L'acteur était mort, le manche argenté d'un petit poignard dépassait de sa poitrine, à la place du cœur.

LE KRISS MALAIS

– Delanion assassiné... Assassiné Delanion... bredouillait Olivier.

Il triturait sa moustache entre deux doigts fébriles, sans savoir que faire, ni oser approcher de l'acteur. Au bout d'un moment cependant, le choc de la découverte atténué, l'urgence apparut.

– La police, coco !

Olivier chercha des yeux un téléphone, il en découvrit un posé à même le sol, au pied de la bibliothèque. Il se précipita, parcourut la brève liste des numéros d'appel utiles, imprimée au-dessus des touches et composa le 17. Tandis que la sonnerie retentissait à l'autre bout de la ligne, le journaliste se rendit brusquement compte qu'il venait de décrocher à main nue, sans prendre de précautions.

– Flûte, les empreintes !

– Quelles empreintes ? fit une voix rocailleuse dans le récepteur. Ici la Gendarmerie nationale.

– Les miennes pardi ! J'ai touché au téléphone et je suppose qu'il aurait mieux valu prendre un mouchoir. Il y a eu un crime ici...

Olivier déclina son identité, avant de résumer l'affaire au gendarme qui s'exclama, dès qu'il eut révélé le nom de la victime :

– L'acteur de cinéma ? Celui qui habite l'île de Mabrançon ?

– Oui.

– Ça va faire du pétard, dites donc ! Bon, ne quittez pas les lieux, on vient tout de suite... Enfin, façon de parler ! Armez-vous de patience : c'est au diable Mabrançon et la brigade se trouve à La Ferté.

Olivier n'eut pas le cœur de plaisanter à propos du diable, il demanda seulement à son interlocuteur combien de temps durerait l'attente.

– Je dois alerter le médecin légiste et les collègues qui font un contrôle radar sur la nationale et puis préparer le zodiac... Disons, environ trois quarts d'heure. Vous tiendrez le coup ?

– Bien obligé. Je pense que je ne risque pas grand chose et pour ce pauvre Delanion, trois quarts d'heure de plus ou de moins...

– Surtout ne touchez à rien maintenant, recommanda encore le gendarme avant de raccrocher.

Ce rapide contact avec le monde extérieur acheva de remettre Olivier d'aplomb et stimula ses réflexes professionnels un moment perturbés. Il appela *la Tribune de Paris,* mit son rédacteur en chef au courant de la situation. Celui-ci surmonta très vite l'effet de surprise, sans doute parce que l'éloignement l'empêchait de partager toute l'émotion de son jeune collaborateur.

– Ecoute-moi, mon petit Olivier : tu es seul là-bas ?
– A part le chat de la maison, il n'y a que moi.
– Bon, la photo ce n'est pas ton job, mais tu te débrouilles, je crois ?
– Plutôt bien.
– Alors, tu me fais un reportage complet, tu photographies tout ce qui peut présenter un intérêt pour le journal, tu mitrailles et surtout, tu cherches des indices, O.K. ?
– Vous voulez que j'enquête sur le meurtre ?
– Exactement. Pour une fois qu'un journaliste devance la police sur les lieux du crime, il faut en profiter. Imagine un peu le tableau : le plus célèbre acteur de cinéma du moment assassiné, quinze jours avant la sortie de son dernier film. Un jeune et brillant journaliste, mais si, mais si petit, découvre la victime... Il se met aussitôt à la recherche du coupable et coiffe tout le monde sur le poteau d'arrivée. Résultat : son journal publie en exclusivité le récit de l'enquête, il devient du jour au lendemain un crack du métier... On peut doubler les ventes du canard avec un coup pareil. Evite d'entreprendre quoi que ce soit qui pourrait nuire aux investigations officielles, bien sûr, mais ne néglige aucun détail. Avec un minimum de chance, tu trouveras peut-être une piste. Tu veux que je te dise ? J'aimerais être à ta place ; allez, tu as carte blanche, petit !

Pour commencer, Olivier photographia le corps sous tous les angles, puis il changea d'objectif. Gros plan sur le manche du poignard. De métal brillant et long de cinq ou six centimètres à peine, ce dernier affectait la forme d'une silhouette humaine aux jambes réunies, aux avant-bras croisés sur la poitrine, avec une petite tête ronde dont les traits étaient gravés sans relief. On n'apercevait aucune garde à la base du manche. A première vue, le jeune homme avait le sentiment qu'il s'agissait d'une arme exotique, mais comme il était impossible d'examiner la lame, il ne put en apprendre davantage à ce sujet. Il allait abandonner ses observations macabres, quand il vit la perle sur les genoux de l'acteur. Frédéric Delanion portait au moment de sa mort une robe de chambre de soie verte, un pantalon gris, des chaussettes blanches. Une pantoufle de velours chaussait un de ses pieds, la seconde gisait à un mètre devant le fauteuil. Le coup de poignard avait dû le surprendre debout à cet endroit, sans qu'il ait pu se défendre et il s'était effondré sur le siège en reculant. Sa main droite ouverte avait laissé échapper la perle, qui se confondait avec la teinte de la robe de chambre. Olivier se pencha vers l'objet, gros comme une bille à jouer et percé d'un trou nettement visible.

– On dirait du jade.

Il fit trois clichés presque à bout portant et songea que le résultat, malgré le flash, ne serait peut-être pas probant, à cause de la couleur et des reflets de la soie, trop proches de ceux de la perle. Après quoi, le journaliste regarda autour de lui, à la recherche de nouveaux indices, mais mis à part un livre posé ouvert et retourné sur une table basse, près d'un verre à peine entamé, ainsi qu'une sorte de sabre sauvage décoré de dents de bêtes, accroché au mur, rien d'autre ne retint son intérêt.

La visite du reste de l'étage fut rapide : il ne comprenait qu'une chambre, une salle de bain, des toilettes et une pièce penderie bourrée de vêtements, de chaussures et de bagages. Il prit des photos par acquit de conscience, davantage pour garder les lieux en mémoire que dans l'espoir qu'elles se révéleraient importantes par la suite. Puis il gagna le rez-de-chaussée, où il refit son parcours précédent, photographiant les pièces, mais attentif surtout à repérer la moindre anomalie.

– Et cette fois pas de blague, fais gaffe coco !

Il avait dû laisser des empreintes en cherchant Delanion, inutile d'augmenter leur nombre. Il se servit d'un mouchoir en papier pour ouvrir les portes. Tout lui parut en bon ordre jusqu'au cabinet de travail, où la lampe installée sur le bureau, un meuble de chêne ancien, brillait. Olivier s'étonna une fois de plus de ne pas avoir remarqué l'étrangeté des éclairages allumés en plein jour, alors que la demeure était si claire. Il changea la pellicule de son appareil, puis passa derrière le bureau et examina les objets posés sur le plateau : un volumineux agenda, une règle, un coupe-papier de laiton, une parure de stylos, un étui de forme tourmentée... Il saisit ce dernier avec précaution, à l'aide du mouchoir et comprit aussitôt qu'il tenait là le fourreau du poignard. C'était une tige de cuivre creuse, ornée d'un motif de feuillage en relief, qui prolongeait une fausse garde excentrée, d'un bois brun patiné et dont la forme irrégulière faisait beaucoup songer à un grand pétale de fleur. L'ensemble devait mesurer quinze à seize centimètres. L'esthétique de ce fourreau renforça l'opinion du jeune homme qu'il s'agissait d'une arme d'origine exotique.

– De deux choses l'une, murmura-t-il rêveusement, ou bien l'assassin a volé le poignard dans cette pièce, avant de monter surprendre Delanion, ou bien il y est venu après le crime, le fourreau toujours en main, et il l'a oublié parce qu'un motif important le préoccupait... Dans ce cas, que venait-il chercher ici ?

Olivier inspecta un à un les tiroirs du bureau, tous présentaient un contenu bien rangé, qui ne semblait pas avoir été fouillé. Celui du bas renfermait même une liasse de billets de banque... Olivier ouvrit ensuite délicatement le gros agenda avec la pointe de son stylo à bille et en feuilleta les pages, dont chacune concernait une journée complète. L'emploi du temps de Frédéric Delanion oscillait entre des périodes d'activité intense, où il habitait son domicile parisien et remplissait des obligations jusqu'à une heure avancée de la nuit et d'autres où il semblait totalement oisif. Mais même au cours de ces dernières, l'acteur apportait un soin presque maniaque à enregistrer ses faits et gestes. Il inscrivait les noms de toutes les personnes rencontrées, ponctuait chaque journée d'un commentaire laconique, qui donnait par moments une allure de journal intime à l'agenda. « Mardi 20 avril, 21h : dîner chez Sandra, avec Bruno et Claire. Belle soirée », « Samedi 30 mai : pêché seul ce matin sur le lac, 2 tanches, 3 barbeaux. 14h : RV avec plombier au parking. 17h : ramené Fernand (mon plombier) jusqu'à la plage. 18h : appel de Sandra, depuis Rio. Elle revient dans huit jours. 19h : l'oncle André au téléphone. 22h : Repensé toute la soirée à cette pauvre Agnès, je me demande bien pourquoi ? », « Vendredi 10 juillet,12h 45 : déjeuner avec Lefèvre à La Closerie. Là-dessus, Max Mangin débarque, au bras d'une certaine Murielle. La barbe ! »

Delanion appréciait visiblement le séjour dans son île, il y venait fréquemment, recevait des amis, mais ne reculait pas devant la solitude : aucun nom n'accompagnait le rappel de certaines villégiatures. En parvenant à la semaine en cours, il sauta aux yeux d'Olivier qu'une page manquait. On passait directement du dimanche 20 septembre, au mercredi 23 septembre, date à laquelle figurait au programme l'entrevue avec Olivier : « 10h : Olivier Baumont de *la Tribune de Paris* (retenir à déjeuner ?) »

– Eh bien ! voilà au moins un point établi : l'assassin était attendu hier ou avant-hier, il a arraché la page pour ne pas laisser une trace aussi compromettante derrière lui. Ça prouve qu'il connaissait l'habitude de Frédéric Delanion de noter ses moindres rencontres.

Olivier photographia quelques pages de l'agenda, ainsi que le fourreau, puis il remit les choses dans leur état initial et poursuivit sa quête. A la cuisine, il remarqua dans l'égouttoir la présence d'un verre propre retourné, semblable à celui aperçu sur la table de la bibliothèque.

– On dirait que le type a lavé sa vaisselle avant de partir...

Olivier sortit de la maison, changea une nouvelle fois la pellicule de son appareil, ainsi que son objectif, puis il fit quelques photos de l'habitation, avant d'effectuer un tour de la propriété en suivant le bord de l'eau. L'île était petite, il se retrouva bientôt à l'appontement, presque à son point de départ. Olivier regarda sa montre, les gendarmes ne devraient plus tarder à présent. Il avança jusqu'à l'extrémité du ponton, contempla l'eau où évoluait une troupe d'ablettes. Un poisson plus gros survint brusquement, qui sema la débandade parmi les petits. Des ronds se formèrent mollement à la surface, un point scintilla au fond du lac, juste au-dessous de la place occupée par les ablettes, l'instant précédent. Olivier se pencha, intrigué. Il tenta de distinguer ce qui pouvait ainsi accrocher la lumière, un morceau de verre peut-être. Cependant, comme la faible agitation de la surface se calmait, l'image se stabilisa et il lui sembla que la chose était de couleur jaune, d'une forme imprécise.

Olivier hésitait, il n'aimait pas les baignades en eau froide. Puis il pensa aux recommandations du patron : ne négliger aucun détail... Il posa son appareil, se déshabilla sans enthousiasme.

Peu après, claquant des dents, il examinait ce qu'il avait rapporté dans son poing fermé. Un bout de métal doré circulaire, un peu bombé et poli, frappé d'une petite étoile à cinq branches et dont l'autre face montrait l'amorce d'une base plus étroite, avec la marque d'une cassure. On aurait dit une simple tête de clou brisé, mais à en juger par la teinte et le poids, ce devait être de l'or. Un bruit de moteur lointain s'éleva soudain. Olivier se rhabilla en hâte, avant de photographier sa trouvaille, posée sur le fond noir de la sacoche pour bénéficier d'un meilleur contraste.

Quelques minutes plus tard, un gros zodiac contournait la pointe de l'île et se dirigeait vers le débarcadère. Ils étaient cinq entassés à bord du bateau, dont les boudins de caoutchouc s'enfonçaient profondément dans l'eau : quatre gendarmes et un long bonhomme maigre à l'air triste, vêtu d'un costume de flanelle gris. Ce dernier débarqua le premier, une mallette au poing. Trois gendarmes le suivirent et celui qui devait être le chef, un type aux yeux bleus et au nez busqué, jeta un ordre au quatrième, resté assis aux commandes :

– Tu peux y aller, ramène le matériel et les autres au plus vite.

Le pilote repoussa le ponton et dans un hurlement de moteur, le zodiac allégé bondit en avant. Un peu à l'écart, Olivier prenait des photos des arrivants. Le chef se dirigea vers lui, les sourcils froncés.

– Qu'est-ce que vous faites ? demanda-t-il avec une pointe d'agressivité.

– Mon métier, hélas.

– Vous ne nous avez pas dit que vous étiez journaliste.

Au ton du gendarme, Olivier comprit que cette information complémentaire ne lui plaisait guère.

– Je n'y ai pas pensé. Est-ce que c'est grave ?

– Ma foi, non... Monsieur Baumont, je crois ? Moi, je suis l'adjudant-chef Gallo.

Ils se serrèrent la main, la physionomie du gendarme se détendit. Il leva les yeux sur les cheveux trempés d'Olivier.

– Vous avez pris un bain ?

– Oui, comme je m'embêtais en vous attendant, j'ai piqué une tête du ponton. A propos, regardez ce que je viens de trouver sous l'eau...

Le journaliste exhiba le fragment doré, au creux de sa main. L'adjudant s'en empara et le soupesa.

– On dirait de l'or massif, dit-il.

– C'est aussi mon avis, croyez-vous que ce soit en rapport avec le crime ?

– Pour le moment, je ne crois rien, je n'ai même pas vu le corps ! Mais on ne sait jamais...

L'adjudant se tourna vers l'un de ses hommes et lui remit l'objet.

– Pascal, emballe ce truc comme pièce à conviction.

Puis comme le civil en costume de flanelle approchait d'eux, il le présenta à Olivier :

– Le docteur Pinson, médecin légiste du district.

« Il ne me viendrait jamais à l'idée de le trouver gai comme un pinson ! » songea Olivier amusé. L'autre dut deviner ses pensées, car il dit avec un pâle sourire :

– Il aurait mieux valu m'appeler Dupont, ou Corbeau, non ? Mais vous savez, j'ai horreur des macchabées, ça me rend malade chaque fois. Je rêvais de soigner les enfants, figurez-vous et puis voilà... On ne choisit pas toujours.

Olivier le trouva plutôt sympathique.

– Bon allons-y, reprit l'adjudant. Guidez-nous monsieur Baumont, puisque vous connaissez le coin.

Durant les heures qui suivirent, le lieu du crime et la maison entière furent passés au peigne fin. Deux nouveaux gendarmes revinrent avec le pilote, chargés de lourdes valises de matériel. Ils s'occupèrent de prélever toutes les empreintes décelables à travers la villa, tandis que d'autres fouillaient les pièces. Trois hommes, dont l'adjudant, photographièrent le corps de l'acteur, prirent des mesures avec un décamètre d'arpenteur à ruban et recensèrent les signes apparemment liés au drame qui s'était joué ici.

— Je peux y aller ? demanda le docteur Pinson, en bras de chemise, lorsqu'ils eurent achevé les premières constatations.

— C'est à vous docteur, répondit l'adjudant.

Personne ne semblait se soucier d'Olivier. Il se faisait le plus petit possible, assis sur la dernière marche de l'escalier et observait les investigations, l'oreille attentive à ce qui se disait...

— Aucun signe de lutte visible... Coup de poignard au cœur porté de haut en bas, entre la quatrième et la cinquième côte. La mort a dû être très rapide, sinon instantanée, annonça le médecin.

Il se redressa et brandit l'arme du crime, d'une main gantée. La lame, particulièrement acérée, était sinueuse.

— Qu'est-ce que c'est que ce machin ? s'étonna le gendarme Pascal.

— Un kriss malais. Biscornu certes, mais néanmoins redoutable, expliqua Pinson.

Olivier prit en vitesse deux photos au téléobjectif. Le déclic de l'appareil et le bruit du moteur électrique attirèrent l'attention de l'adjudant, qui jeta un coup d'œil mécontent vers lui.

— Dites-moi, ça doit être plutôt rare en France, ce genre de poignard ? questionna-t-il à l'adresse de Pinson.

– Ma foi, je l'ignore... J'en possède un chez moi, acheté chez un antiquaire. Le mien est plus grand.

Le poignard fut emballé dans une pochette de plastique transparent et le médecin reprit son travail. Lorsqu'il eut terminé, il annonça :

– Provisoirement, j'estime que la mort remonte à une douzaine d'heures. Voyons, il est... onze heures trente. Donc, disons que le crime a eu lieu entre vingt-deux heures trente et minuit et demi, la nuit dernière. Je serai peut-être plus précis après l'autopsie.

– A votre avis, docteur, le meurtrier était-il un costaud ? dit l'adjudant.

Pinson fit la moue.

– Vous voulez savoir s'il peut s'agir d'une femme, je suppose ? C'est possible, un poignard aussi pointu ne nécessitait pas une force particulière. Maintenant, si vous n'y voyez aucun inconvénient, j'aimerais aller prendre l'air, en attendant que vous me rameniez à l'auberge.

Olivier médita les propos du médecin. Une femme ! Cette éventualité, Dieu sait pourquoi, lui avait jusqu'à présent échappé. Il se souvint des traces sur la plage et de sa conclusion qu'elles appartenaient à un enfant, ou une femme. La fiancée du diable.

– Heu, mon adjudant, il y a une chose dont j'ai oublié de vous parler.

Olivier raconta au gendarme sa découverte de la barque échouée et des empreintes.

– Vous nous montrerez ça en partant. Dites, vous le connaissiez bien, monsieur Delanion ?
– Pas vraiment. Comme je tiens la rubrique cinéma de mon journal, je l'avais déjà rencontré à deux ou trois reprises à Paris.
– Quand même, un type aussi célèbre devait provoquer les potins. Est-ce qu'il avait des ennemis ?
– Pas que je sache, mais ça ne prouve rien. Delanion savait protéger sa vie privée. Tenez par exemple : je suis le seul journaliste qu'il ait accepté de recevoir ici...
– Que veniez-vous faire chez lui, à propos ?
– Une interview au sujet de son prochain film, *Lucifer le dimanche*.
– Ah oui ! J'ai vu un reportage sur le tournage, à la télé.
– Le film sort en salle le mois prochain et je dois écrire un papier important à cette occasion. Dans ces cas-là, on va voir le réalisateur et les principaux acteurs.

L'adjudant rejeta d'un geste las son képi en arrière du crâne et se pinça la racine du nez, les yeux fermés. Au bout de quelques secondes de réflexion, il rouvrit les yeux, questionna :
– Monsieur Delanion était célibataire ?
– Il avait une amie, une belle femme.
– Qui est-ce ?
– Je ne lui ai jamais parlé. Interrogez plutôt ses familiers.
– Bien, nous allons enregistrer votre déposition

et ce sera tout pour le moment... Ah non ! Nous devons également prendre vos empreintes digitales, afin de ne pas les confondre avec celles du meurtrier, s'il en a laissé. A mon avis, il aura pensé à les effacer partout, on n'a rien relevé sur le manche du poignard, ni sur la gaine qu'il a abandonnée dans le bureau.

Le pilote effectua plusieurs allers et retours en zodiac entre l'île et l'auberge, pour emmener le corps de l'acteur, le matériel et les hommes. Olivier fit partie du dernier voyage, en compagnie de l'adjudant. Celui-ci resta silencieux, perdu dans ses pensées, jusqu'à l'accostage. Il demanda au journaliste de le conduire aux traces de pas sur la plage. Accroupi, il les examina attentivement, puis se redressa et dit aux gendarmes qui les avaient accompagnés :

– Vous me faites un moulage des meilleures, les gars.

Il poursuivit à l'adresse d'Olivier :

– Vous avez raison, ce sont certainement des pieds de femme. On dirait qu'elle portait des ballerines, ou des souliers légers de ce genre... Merci de votre collaboration, monsieur Baumont. Je ne crois pas que nous ayons besoin de vous prochainement, mais en cas de nécessité, il vous faudra peut-être revenir.

– Vous avez toutes mes coordonnées.

Ils marchaient côte à côte en direction du parking, l'adjudant semblait préoccupé.

– Oui, oui.... Hem, dites-moi franchement : avez-vous touché à l'agenda du bureau ?

Olivier hésita un instant, puis l'admit.

– En effet, je l'ai parcouru, mais rassurez-vous, sans le tripoter de mes doigts ! J'ai remarqué qu'une page manquait.

– En somme, le poil brun que nous avons découvert justement à cet endroit vous appartient et non à l'assassin ? Il me semblait bien le reconnaître.

Olivier rougit, il ne savait que dire.

– Ne craignez rien, jusqu'à nouvel ordre, votre moustache ne figurera pas au dossier. Un dernier problème...

– Lequel ?

– J'ai eu un entretien téléphonique avec le substitut du procureur, avant de quitter l'île. Il souhaite que vous nous remettiez la pellicule de votre appareil photo. Une simple mesure de précaution, pour le cas où elle contiendrait des images dont la divulgation prématurée nuirait à l'enquête. On vous la rendra plus tard.

Le journaliste rembobina son dernier film, ouvrit l'appareil et le remit à l'adjudant.

– Il n'y en a pas d'autre ?

– Tout est là, mentit Olivier.

Ils se serrèrent la main sur le parking et se séparèrent satisfaits, chacun persuadé d'avoir possédé l'autre.

UNE BLONDE INQUIÉTANTE

– Pas possible ! Oh, là, là !

Claire Balizon regardait, incrédule, les gros titres des journaux du matin. « Frédéric Delanion mystérieusement assassiné dans sa maison de campagne ! », « Disparition tragique d'un grand acteur ! », « Frédéric Delanion poignardé sauvagement ! », « Mort d'un acteur en pleine gloire ! »

Le visage de la victime s'étalait partout en photos, souriant, un peu fat. Claire souleva un quotidien, vit trois colonnes d'article sous le titre et remit le journal en place, écœurée.

– Celui-là, même mort, il faut encore qu'il fasse parler de lui.

La jeune fille rougit violemment, honteuse d'une pensée aussi déplacée.

– Ce qu'on peut devenir vache, dans ce métier !

Cependant, elle répugnait à lire l'inévitable panégyrique du défunt : l'immensité de son talent, le cinéma en deuil et autres fadaises du genre. Elle rentra à l'hôtel Saint-Sulpice, téléphoner à Henri Viot, son réalisateur.

– Henri, tu as vu les journaux ?

– Ma jolie, quelle horreur ! Je suis bouleversé, je ne peux y croire... C'est incompréhensible, tout le monde l'aimait.

– Ne me ressers pas le couplet des journaux, tu sais bien que c'est faux. Avec son caractère, il avait plus d'ennemis que d'amis et puis il fallait qu'il mène une drôle de vie pour finir comme ça.

– Comment peux-tu être aussi rosse !

– Il m'en a fait assez baver, avec ses airs supérieurs et ses colères de diva.

– Ne sois pas rancunière, Frédéric était un grand acteur, un tantinet cabotin, d'accord, mais il pouvait se le permettre. Et puis, mourir poignardé ! On ne peut pas parler de fatalité, comme après un accident de voiture. Tu te rends compte qu'il y a un assassin, un fou furieux qui rôde ?

– Tais-toi Henri, tu me fais froid dans le dos ! Et arrête de me croire plus mauvaise que je ne suis. Bon, il m'énervait c'est vrai, mais de là à me réjouir qu'on l'ait tué...

– Le pauvre vieux, mourir juste avant la sortie du film : il ne connaîtra jamais son succès. Remarque, ça va faire un coup médiatique du tonnerre.

– Maintenant que j'y pense : je reste la seule grande vedette du film ! s'exclama Claire, sans pouvoir retenir un petit rire satisfait.

– Justement, Frédéric disparu, la promotion du film va reposer sur toi, il faut que je te parle.

Retrouve-moi ce soir à seize heures au drugstore Saint-Germain.

– Dis Henri, c'est pour le voler qu'on l'a tué ?

– Non. D'après ce qu'on m'a dit, rien n'a disparu chez lui, pas même l'argent qu'il gardait dans son bureau.

– Ah ! Ça me fait quelque chose, tu sais !

– Tu ne vas pas te mettre à pleurer maintenant ? Allez, à cet après-midi.

Claire Balizon descendait la rue de Rennes d'une foulée allègre. Ce n'était pas de la méchanceté si la fin brutale de Delanion éveillait peu de pitié dans son cœur, en tout cas insuffisamment de regrets pour gâcher sa journée : de l'égoïsme, rien de plus. Elle se disait, la conscience en paix, que des quantités de gens meurent chaque jour, pleurés seulement de ceux qui les aiment. Donc, elle allait gaiement.

Il y avait cet après-midi d'automne, si doux qu'il laissait tardivement fleurir les tenues légères et colorées. Claire appréciait la sienne, une robe vert tendre qui chatoyait. Il y avait aussi son image reflétée par les vitrines, les murmures flatteurs sur son passage. Elle était bien jolie, Claire Balizon : menue sans être maigre, ni trop petite. Juste ce qu'il fallait pour attendrir, susciter l'envie de la protéger, avec ses longs cheveux blonds légers, sa bouche ronde enfantine, ses yeux bleus teintés d'une brume grise, qui donnait à son regard un air de mystère surprenant, dans son visage de poupée innocente.

Elle marchait, sûre de son charme et pensait à sa gloire prochaine.

D'ici quelques jours, les affiches géantes du métro et tous les panneaux de la capitale, ou presque, révéleraient la troublante héroïne de *Lucifer le dimanche*. Elle allait se rencontrer à chaque coin de rue, c'était merveilleux.

Elle passa sur une grille d'aération du métro et l'air chaud s'engouffra sous sa jupe, gonfla une corolle verte autour de ses jolies jambes. Claire sourit, amusée de la coïncidence qui la faisait un instant ressembler à Marilyn Monroe dans *Sept ans de réflexion* ; peut-être même s'immobilisa-t-elle un peu pour le plaisir, avant de rabattre sa jupe. C'est alors que, levant les yeux, elle blêmit, porta la main à sa bouche, comme si elle voulait étouffer un cri qui ne sortait pas. Une vision affolante, là, devant. Cette fille en bleu, aux longs cheveux blonds, qui avançait en la dévisageant sans ciller, les yeux plus froids que l'eau ou la pierre ! Claire fit un brusque écart pour éviter la fille, qui lui venait droit dessus. L'actrice coinça un de ses talons hauts dans la grille, gémit, manqua tomber et se rattrapa de justesse au bras d'un passant. Il lui sourit. Claire se retourna, ne vit plus ni robe bleue ni cheveux blonds. Il y avait beaucoup de monde rue de Rennes, mais la fille venait à peine de la croiser, comment avait-elle disparu aussi vite ? Claire frissonna et le passant à qui elle s'accrochait toujours, la trouvant bien pâle, proposa avec empressement de l'emmener boire un petit remontant. Elle remercia rapidement et s'éloigna presque en courant vers le drugstore Saint-Germain. Elle y retrouva Henri Viot comme convenu, vêtu d'un costume sobre, bleu nuit, tout à fait de circonstance pour un réalisateur qui vient de perdre sa vedette.

Claire se laissa tomber sur la banquette, le visage livide.

– Qu'est-ce qu'il t'arrive ma jolie, tu es toute blanche ?

– Oh ! Henri, j'ai rencontré un fantôme. Si je te disais qui, tu me prendrais pour une folle.

– Vas-y quand même... Garçon, un cognac pour mademoiselle.

– C'était une fille impossible, une vision, une hallucination : je ne vois pas d'autres mots. D'ailleurs, elle a disparu tout de suite.

– Du calme mon chou, bois ton verre. Cette fille, je la connais ?

– Oui, non... Je te répète qu'elle n'existe pas et pourtant elle me regardait !

– Allez bois, la mort de Frédéric t'a chamboulé la tête.

– Je déteste le cognac.

– Bois quand même. Alors tu as eu une apparition, une fille qui t'a fait peur ? Elle était là et puis elle n'y était plus. D'abord, comment sais-tu qu'elle n'existe pas, elle était transparente ?

– Arrête de te moquer de moi, répondit Claire d'un air sombre.

Elle porta le verre à ses lèvres d'une main qui tremblait et but d'un trait, avec une grimace de dégoût.

– Oublie ta vision et passons aux choses sérieuses. Le film sort dans quinze jours, la campagne de publicité débute demain. Il y a une trentaine de participations prévues, à des émissions de télé ou de radio. Ça sera lourd pour tes petites épaules, sans ce pauvre Frédéric, mais je serai avec toi. Pour commencer, un reporter de *la Tribune de Paris* viendra te voir demain matin. Interview, photos etc. Alors, tu rentres te reposer à ton hôtel, tu dînes tôt, tu te couches tôt, tu te prépares une beauté grave, vu les circonstances, mais évite la tête de papier mâché. Pour l'interview, tu te déclares bouleversée par le drame qui nous endeuille : Delanion était le partenaire idéal, tu le trouvais merveilleux. Tu verses quelques larmes si tu peux. Quant à toi, tu es une jeune fille adorant la nature, les fleurs, la vie simple, les petits oiseaux... Raconte ce que tu voudras, une anecdote du tournage, mais pas un mot sur le film, mutisme absolu jusqu'à la première projection, compris ? Garde-toi d'évoquer une de tes scènes pour te faire valoir, ça déplairait au producteur... Nous avons décidé de jouer la carte du secret. Tout le monde parlera de *Lucifer le dimanche*, mais personne n'en saura rien avant le grand jour. La stratégie de la surprise, tu comprends ? Et pas de vacheries sur les autres comédiens... Mais si, mais si, je te connais. Tu t'en tiens au personnage de ton rôle, attendrissante, fragile, troublante. Compris ?

Claire haussa les épaules, offusquée.

– C'est pour me faire la leçon comme à une débutante que tu m'as donné rendez-vous ! Je te rappelle que j'en suis à mon troisième rôle important.

– Ne te vexe pas ma jolie, tu seras une grande vedette, sûr et certain. Rappelle-toi que c'est la presse qui fabrique les stars, essaie de convaincre que tu es bien l'ange que tu parais être. Tiens, voilà le planning de tes interventions des dix jours à venir, il y en aura peut-être d'autres...

Henri Viot remit à Claire une feuille pliée en quatre et se leva.

– Tu t'en vas déjà ?

– J'ai rendez-vous avec la production.

– Tu ne me raccompagnes pas ? dit-elle avec une mine d'enfant effrayée.

– Sois raisonnable, le *Saint-Sulpice* est à côté. Tiens-toi prête pour dix heures et demie, demain matin. Je t'appellerai à midi.

Il paya les consommations, déposa un baiser rapide sur le front de la jeune femme et disparut dans le tourbillon des serveurs. Claire se laissa aller en arrière sur la banquette en demi-lune. Elle ferma les yeux un instant, puis les rouvrit. Les lustres coloraient la rotonde d'une ambiance chaleureuse ; les consommateurs de plus en plus nombreux l'entouraient d'un brouhaha feutré, la rassuraient. Un bel homme la dévisageait avec insistance.

« Dans deux jours, il viendra me demander un autographe ! » pensa-t-elle amusée.

Elle n'avait pas envie de bouger, elle se sentait bien. Au dehors, l'air se teintait de mauve, les vitrines brillaient plus vives, un lampadaire s'alluma, puis tous les autres à la file. L'approche du crépuscule fit bondir Claire de son siège. Vite, retrouver avant la nuit la chambre et le petit salon douillet de son hôtel.

Elle traversa la rue de Rennes, la remonta. Il y avait affluence devant les boutiques, c'était réconfortant tous ces gens collés aux vitrines de bijoux fantaisie, arrêtés devant les vêtements, les babioles, les livres. Entre deux tourniquets de cartes postales, flottait le voile d'une chevelure blonde. Claire pressa le pas tout en essayant de calmer sa panique. Paris était plein de blondes, vraies ou fausses, avec de longs cheveux. Elle tourna en direction de la place Saint-Sulpice et se mit à courir vers l'enseigne lumineuse de son hôtel, en se heurtant aux passants. Personne à la réception, seulement un bruit de vaisselle derrière la porte marquée « privé ». Claire décrocha sa clef, prit l'ascenseur. Le souffle court, elle se laissa choir sur le canapé de son petit salon. Le reflet que lui renvoyait le miroir la sortit de sa prostration. Elle avait une mine horrible, elle était presque laide, toute tirée, avec de petits yeux enfoncés. Elle se précipita à sa coiffeuse pour réparer les dégâts. Elle se démaquilla, se massa doucement. Le lait onctueux, réparateur, estompait les cernes, redonnait vie à ses joues. Elle hésita entre plusieurs crèmes teintées, choisit la couleur abricot et se trouva tout de suite bonne allure. Plus tard, elle téléphonerait à Nadia, Françoise ou Carole et pourquoi pas aux trois ? Claire leur proposerait de venir la prendre à l'hôtel, elles ne demanderaient pas mieux que de se faire inviter à dîner et d'assouvir leur curiosité à propos de la mort de Frédéric. Claire mettait une touche d'ombre mauve sur ses paupières quand on frappa à la porte.

– Qu'est-ce que c'est ? demanda-t-elle en sursautant.

– La femme de chambre, mademoiselle, j'apporte du champagne de la part de monsieur Viot.

– Oh ! Comme c'est gentil ! s'écria Claire.

Elle courut ouvrir, resta paralysée d'effroi. La fille blonde en robe bleue avança d'un pas, referma la porte derrière elle. Un demi-sourire sans douceur étirait ses lèvres, ses yeux glacés contemplaient Claire qui recula précipitamment.

– Agnès, c'est impossible ! Disparais, va-t'en ! supplia Claire, dans un chuchotement affolé.

Cependant, l'autre s'approchait. Claire gagna à reculons le petit salon. Elle se tenait le visage à deux mains, les yeux exorbités. Elle aurait voulu crier, mais comme dans les cauchemars, aucun son ne sortait de sa bouche. Elle trébucha contre le canapé. La fille continuait de la repousser, inexorable et silencieuse. De temps en temps, elle avançait une main vers le visage horrifié de Claire, sans jamais le toucher. On aurait dit la danse d'une mante religieuse. L'une poussant l'autre, elles traversèrent la salle de bain, gagnèrent la chambre à coucher. En proie à une terreur folle, Claire faisait non de la tête. A bout de nerfs, elle tomba soudain évanouie au pied du lit. La fille, toujours souriante, se pencha sur l'actrice...

LA POUPÉE CASSÉE

Olivier se présenta au *Saint-Sulpice* à neuf heures. Il venait plus tôt que prévu, pour devancer le photographe du journal qui devait l'assister au cours de l'interview. Outre les questions qu'il voulait poser à Claire Balizon sans témoin, au sujet de Frédéric Delanion, il caressait l'espoir de la photographier lui-même au réveil, en déshabillé, visage au naturel, ce qui ne pouvait manquer de charme, vu sa jeunesse. Ensuite, il la laisserait s'apprêter comme elle l'entendrait.

– Olivier Baumont de *la Tribune de Paris*, annonça-t-il à la réception, mademoiselle Balizon m'attend.

– Troisième étage, porte trois cent dix, répondit un petit monsieur aux yeux tristes et à la lippe molle.

Tandis que l'ascenseur montait, Olivier imaginait la gentille confusion de l'actrice, surprise en peignoir au petit déjeuner.

Il frappa un coup léger au trois cent dix, ne reçut aucune réponse, frappa plus fort et la porte s'ouvrit d'elle-même... Surpris, il pénétra à demi dans une petite entrée donnant sur un salon et appela :

– Mademoiselle Balizon !

Il torturait sa moustache, pris soudain d'angoisse. Cette similitude avec... Il se précipita, traversa le salon et la vit aussitôt par la porte ouverte de la chambre à coucher.

– Nom de nom ! Ce n'est pas possible, quelle poisse !

Claire gisait en robe verte, recroquevillée sur le lit. Sa tête formait un angle anormal avec ses épaules. On aurait dit une poupée cassée, impression rehaussée par deux grosses perles d'un vert profond, introduites dans le creux de ses oreilles. Le journaliste effleura la peau glacée d'un bras rigide et retira vivement sa main, comme s'il se brûlait. Il faillit paniquer, hurler, mais se contint.

– Du sang-froid coco ! C'est moche, d'accord, mais tu es journaliste... Au boulot !

Tremblant des pieds à la tête, Olivier sortit son appareil photo et son flash. Clichés de la morte, gros plans sur le visage, le lit. En prenant garde de ne rien toucher, il examina, photographia aussi la chambre, la salle de bain, le salon, jusqu'à épuisement de sa pellicule, puis il ressortit, ferma derrière lui. Il dévala les escaliers, son cœur battait à grands coups.

– Vite ! Appelez la police, mademoiselle Balizon a été assassinée.

– Quoi, qu'est-ce ?

La lippe molle du petit réceptionniste tremblait.

– Elle est morte, là-haut, remuez-vous !

– Certes monsieur, certes, mais que vont penser les clients ?

– Quel empoté ! Passez-moi le téléphone.

Olivier mit la police au courant en quelques mots et raccrocha.

– Le commissariat est au coin de la place, ils ne vont pas tarder, fit la lippe qui s'avachissait de minute en minute, comme pour s'excuser.

– Avez-vous vu quelqu'un monter chez elle ? questionna Olivier, en tripotant nerveusement ses favoris.

– A part cette jeune fille en bleu, hier soir...

– Une jeune fille ?

– Une blonde avec de longs cheveux, un peu comme cette actrice qui allumait les réverbères en claquant des doigts, vous savez...

– Veronica Lake.

– Peut-être, mais c'était dans un film amusant, attendez que je me souvienne...

– *Ma femme est une sorcière*, suggéra Olivier.

– Oui ! Ah ! Voilà la police ! Pourvu qu'ils soient discrets, la clientèle...

Le petit homme lippu rétrécissait derrière son comptoir.

Deux hommes en civil pénétrèrent l'un après l'autre dans la réception, le premier grand, un peu voûté, le second rond et rose.

– Inspecteur Faucon, dit le grand en se tournant vers Olivier, qui a appelé ?

– Moi... Olivier Baumont de *la Tribune de Paris*, répondit celui-ci en montrant sa carte de presse.

– C'est vous qui avez découvert le corps ?

– Oui, j'ai frappé à sa porte qui s'est ouverte toute seule, j'ai appelé, je suis entré et je l'ai trouvée assassinée. C'est horrible.

– Qu'est-ce qui vous fait dire qu'elle a été assassinée ?

– Ça m'étonnerait qu'elle se soit cassé le cou toute seule. Je n'ai rien touché, j'ai simplement refermé derrière moi et je vous ai téléphoné d'ici.

– Montons voir.

Le réceptionniste leur tendit un passe. Dans l'ascenseur, le policier rond et rose, jusque-là silencieux, dit :

– Votre nom me dit quelque chose, Olivier Baumont... J'y suis, c'est bien vous qui avez déjà découvert le corps de Frédéric Delanion ?

– Oui, mon canard me spécialise dans l'interview des cadavres.

– Deux vedettes du même film, reprit le policier rondelet, vous portez la poisse, mon garçon !

– Qu'est-ce que j'y peux si je débarque au mauvais endroit, au mauvais moment ? Vous croyez que cela m'amuse ?

– Les journalistes mettent toujours leur nez là où il ne faut pas, conclut l'inspecteur Faucon en sortant de l'ascenseur.

D'un geste machinal, Olivier mettait à deux mains ses cheveux longs et noirs dans un désordre à l'image de son désarroi. Il regardait les policiers s'affairer – toute une équipe à présent – à la recherche d'indices, d'empreintes. Pour l'instant, le résultat était nul. Le médecin légiste fixa la mort entre dix-huit et vingt-deux heures, remettant les précisions à plus tard.

« Il ne prenait guère de risques, pensait Olivier, puisque d'après le réceptionniste, à dix-sept heures quarante-cinq, la clef du trois cent dix pendait encore au tableau. Il s'était absenté jusqu'à dix-huit heures quinze précises, à son retour la clef ne s'y trouvait plus. D'autre part, l'hôtel fermait sa porte à dix heures, il fallait sonner pour se faire ouvrir. Donc, Claire Balizon était rentrée entre dix-sept heures quarante-cinq et dix-huit heures et le meurtre avait eu lieu avant vingt-deux heures. »

Le réceptionniste répéta son histoire de jeune fille blonde en robe bleue, belle comme une actrice dont il avait déjà oublié le nom, sans ajouter de nouveaux détails. Il ne se souvenait plus de l'heure.

– Venez au commissariat faire votre déposition, dit Faucon à Olivier quand tout fut terminé. Vous avez pris des photos, n'est-ce pas ?

– C'est mon métier, rien ne l'interdit.

– Ça dépend, répondit Faucon. Ces perles de jade qu'on retrouve sur les morts sont un élément troublant, nous préférons que cela reste provisoirement secret. Je vous laisse votre pellicule, mais pas de blague, hein ? Vous publiez votre papier sans l'utiliser, ou je vous fais inculper pour entrave à l'action de la police... Et pas un mot au sujet des perles, ou de la fille blonde.

– Ça va de soi, mais tout de même : une photo d'un coin de chambre, pour préciser le cadre... Avec Delanion, on m'a permis...

– Delanion était le premier, maintenant c'est différent. Nous devons établir quel lien rattache ces deux meurtres et la moindre indiscrétion nous gênerait.

Devant la porte de l'hôtel, Olivier retrouva son photographe qui guettait sa sortie, mêlé à d'autres reporters qu'on avait empêchés d'entrer. Olivier l'entraîna à l'écart et le mit au courant, tandis que les policiers faisaient une brève déclaration à la presse.

– Je dois encore aller au commissariat, conclut-il. Est-ce que tu m'attends ?

– Non, désolé. J'ai un autre reportage à faire du côté de la Défense, avant midi.

Au poste de police, l'inspecteur Faucon enregistra les déclarations d'Olivier. Ils furent rejoints au bout d'un moment par le policier rond et rose, qui écouta sans intervenir, les mains dans les poches, le témoignage du jeune homme. Olivier ne tarda guère à apprendre cependant, que sous l'homme jovial et effacé, se cachait un commissaire de la brigade criminelle.

« Bravo pour mon coup d'œil infaillible ! se moqua Olivier. Je l'imaginais tapant des rapports avec deux doigts, sur une vieille machine à écrire et c'est un ponte du Quai des Orfèvres ! »

– Monsieur Baumont, vous êtes censé faire un article autour de ce film qui doit sortir, comment s'appelle-t-il déjà ?

– *Lucifer le dimanche.*

– Voilà. Votre champ d'action rétrécit tragiquement, il me semble ? Si vous devez nous servir de poisson pilote, il serait bon de nous indiquer vos prochains rendez-vous.

– Vous vous moquez de moi, monsieur le commissaire ! Par un hasard malheureux, je découvre deux morts, mais il ne faudrait pas en tirer des conclusions hâtives. Je n'y suis pour rien, moi !

– Je m'en doute jeune homme... Croyez-vous à l'astrologie ?

– Non, répondit Olivier interloqué.

– Moi non plus, mais sans comprendre pourquoi, j'ai l'impression que vous êtes entré dans un cycle d'influences astrales défavorables. Alors le rendez-vous suivant ?

– Max Mangin, le second rôle masculin. Après ce qui s'est passé, je ne sais pas s'il voudra encore me voir... Il doit me confirmer l'heure par téléphone.

– Dans ce cas, vous nous préviendrez. J'ignore si c'est le hasard, comme vous le dites, ou la volonté de l'assassin qui vous désigne comme témoin privilégié de ces macabres affaires, mais je suis persuadé que vous faites un excellent paratonnerre. J'entends par là que vous attirez la foudre... Alors ne vous éloignez pas, on peut avoir besoin de vous et puis ça limitera les catastrophes, termina le rose et rond commissaire.

Olivier furieux tordait sa moustache, ce type se fichait ouvertement de lui. Poisson pilote, paratonnerre et quoi encore ? Il allait lui montrer ce dont un journaliste est capable. Après tout, il possédait autant d'informations que la police et un cerveau en bon état de fonctionnement.

– Surtout, ajouta l'aimable rondouillard dont les yeux pétillaient de malice, s'il vous revenait un détail oublié, pensez à m'appeler : commissaire Magnan, au Quai des Orfèvres ; je ne suis ici que de passage. Je ne vous retiens pas davantage. Avec les révélations fracassantes que vous allez lui apporter, votre journal va doubler son tirage.

Olivier marchait à grandes enjambées vers la plus proche station de métro. Quelle matinée ! Il torturait furieusement ses favoris. La séance avec ce commissaire goguenard lui donnait envie de rugir. Oui, rugir. Puis il se vit avec les yeux malins du commissaire : un journaliste habitué à pondre des éloges à propos de films souvent quelconques, courant les vedettes, les starlettes, colportant les ragots de ce petit monde du cinéma boursouflé de son importance, bref, un journaliste modelé dans la frivolité, qui croit partir à la pêche miraculeuse de figures de renom et ramène deux morts au fond de son épuisette.

Sans compter que, l'affolement aidant, il

manquait de la puissance de déduction d'un Sherlock Holmes : aucune piste en vue. Un benêt maladroit qui patauge sur les traces d'un fou furieux. Voilà ce que Magnan avait deviné, une situation qui ne manquait pas de sel.

Il revit la pauvre petite poupée cassée sur son lit d'hôtel, ses yeux clos, son visage étrangement apaisé par la mort. Qui pouvait avoir intérêt à tuer Frédéric Delanion, puis Claire Balizon ? Crime de jalousie ? Improbable. On ne connaissait à Delanion qu'une seule liaison, avec une créature superbe, franco-brésilienne, dont il semblait fort épris et auprès de laquelle la petite Balizon paraissait bien fade.

Midi et demi déjà. Olivier longeait une pizzeria, son ventre criait famine... Le journal attendrait bien un petit moment, il avait besoin de se soutenir.

Il entama une énorme Capricciosa débordante de fromage. Rien ne paraissait démesuré à son appétit d'ogre. Sa mère ne faisait jamais de pizza et il pouvait se régaler sans remords ni regrets. Pour le reste, il ne connaissait pas de meilleure cuisine que celle de sa maman. Il le déclarait à qui voulait l'entendre ; de sorte qu'il s'enfonçait, sans trop de vague à l'âme, dans la vie de célibataire, avec son appartement exigu, mais confortable, ses chers livres, ses chers disques. S'il avait arraché au milieu des larmes son indépendance à sa mère, ce n'était pas pour y renoncer au profit d'une fille qui aurait le civet triste, la pomme dauphine ramollie, ou pire : qui le nourrirait de surgelés. Cela n'empêchait nullement les sentiments, Olivier faisait la part entre son cœur et son estomac, il lui tombait de temps à autre des coups de foudre. Pour lors, il était très épris d'Angéla, une fille d'origine italienne.

Entre la tarte et le café, il eut une pensée nostalgique pour elle. Angéla travaillait dans une maison d'édition, elle jalonnait leur vie de distances de sécurité, comme sur les autoroutes ; ils ne se rattrapaient qu'à l'étape.

Elle avait vite percé ses petites faiblesses. Les fils à mamas envahissantes fleurissaient dans son pays, elle connaissait. Elle connaissait aussi le goût du célibat. Un jour particulièrement tendre, Olivier lui avait demandé si elle ne songeait pas à vivre avec quelqu'un. Elle avait ri et répondu, avec son charmant accent un peu roucoulant :

– Il faudrait que je rencontre un homme qui me plaise vraiment, vraiment, parce que le matin je suis de mauvaise humeur et le soir j'aspire à la tranquillité. Ensuite, il devrait aimer les chats et l'opéra... Je n'ai pas encore trouvé l'oiseau rare.

Ils en étaient restés là, Olivier se considérait comme un amoureux contrarié. Pourtant ils se retrouvaient toujours. Crise de solitude, ennui, cafard, l'un ou l'autre appelait, ils étaient inséparables, sans pouvoir se rapprocher véritablement.

A la fin du café, Olivier se précipita sur le téléphone, appela le bureau d'Angéla. Elle s'apprêtait à sortir déjeuner.

– Angéla, il faut que je te voie, j'ai plein de choses à te dire.
– Ce soir ?
– Non, maintenant.
– *A la Pagode d'or*, le Chinois à deux pas de mon travail. Dans une demi-heure, ça te va ?
– Merveilleux, baisers, à tout de suite.

Angéla, sa grosse natte brune dans le dos, attaquait un bœuf sauce piquante, quand Olivier la rejoignit derrière un dragon de stuc laqué de rouge.
– Ça sent bon ! dit-il en l'embrassant.
– Tu n'as pas déjeuné ?
– Oh ! juste une pizza et une tarte, mais à voir ton air gourmand, ça m'ouvre un petit creux.
– Quel ogre !
A la table à côté, un serveur asiatique déposait du porc laqué.
– Ça me fait envie, dit Olivier. Tu crois que je vais aimer ?
– Pourquoi pas ? La même chose pour monsieur, garçon !
– C'est que maman tient ce genre de plat en horreur et tu sais qu'elle cuisine mieux que personne.
– Lance-toi à l'eau, à trente-deux ans, tu peux oublier les exploits culinaires de ta maman, le temps d'un repas.

Angéla gardait son beau visage impassible, mais

ses yeux noisette brillaient d'ironie. Au moment où Olivier allait malmener sa moustache, le serveur le tira d'embarras.

– Porc laqué, monsieur.

– Merci, dit Olivier, qui délaissa les baguettes pour la fourchette des novices.

– Alors raconte ? J'ai vu que tu fais parler de toi, avec l'affaire Delanion... Quel ventre ! Moi qui croyais les gourmets mesurés !

Olivier resta un instant la fourchette en l'air, puis se remit vaillamment à manger.

– Ce n'est que le début Angéla, imagine-toi que...

Il lui raconta l'aventure de la matinée, savourant, autant que le porc laqué, l'incrédulité qui chassait la moquerie du visage de son amie.

– Tu as prévenu ton patron ?

– Pas eu le temps, je le ferai après le dessert... Tu te rends compte ? Le journal me charge d'enquêter sur la mort de Delanion et je récolte un deuxième cadavre en prime.

– C'est l'affaire de la police.

– Sauf si je la coiffe sur le poteau, le patron aimerait assez.

– Je trouve ça dangereux et pas du tout dans tes cordes, protesta Angéla.

– J'adore que tu t'inquiètes pour moi... J'avoue que cette histoire m'asticote. Deux crimes, avec pour l'instant comme seuls liens trois perles de jade et le film. Crois bien que je ne raterai pas la sortie de *Lucifer le dimanche* ! En attendant, je vais fouiner.

J'ai déjà interviewé le réalisateur avant Delanion, la semaine dernière, mais au besoin, je retournerai le voir. Caméraman, habilleuse, preneur de son : je bavarderai avec tout le monde, sous le couvert de mon article en préparation. Je finirai bien par dégotter quelque chose de mieux que des cadavres, j'espère. Angéla le regardait, préoccupée. Enfin, elle se décida :

– On pourrait rompre momentanément nos habitudes. Je te propose de me téléphoner tous les jours, par exemple à midi. Tu me dis ce que tu as fait, ce que tu comptes faire, en toute franchise, d'accord ?

Olivier tournicota une mèche, sourire ravi.

– Si tu y tiens...

– J'y tiens.

– C'est entendu. Tu me commandes une banane flambée, je vais tout de même téléphoner au vieux.

Olivier revint après un petit moment, les cheveux complètement en désordre.

– Le patron est excité à un point ! Il m'attend, mais je mange d'abord mon dessert.

– Tu viens dîner chez moi ce soir ? proposa Angéla.

– Volontiers, s'enflamma Olivier.

– Tu seras capable d'avaler encore des spaghetti ?

– Un kilo, mais que va dire ton chat ?

– Comme d'habitude, il te sautera aimablement sur les genoux, tu pousseras les cris aigus qu'il déteste et il te punira d'un coup de patte.

– Tout de même, je me demande qui est cette fille blonde... C'est peut-être elle l'assassin ?

– Martine Carol, forcément ! Tu n'as pas vu *Méfiez-vous des blondes* ? plaisanta Angéla.

– Moi, je soupçonnerais plutôt Kim Novak ; dans *Sueurs froides*, elle était terrible, répliqua Olivier sur le même ton.

– Ou Jane Fonda... rappelle-toi *Les félins* : quelle duplicité !

– Non, Fonda je l'adore... Je verrais plutôt Maria Schell.

– Isabelle Adjani ?

– Elle est brune, voyons ! Notre fille est blonde.

– En tout cas, je vois mal une femme briser des vertèbres.

– Eh ! elle peut avoir des petits pieds et des mains solides, faire du judo. Une bonne prise, couic !

Angéla pâlit, Olivier s'empressa :

– Excuse-moi, je ne suis pas drôle. Sans doute la réaction, tu comprends ? J'ai été plutôt sonné ce matin. Une chouette petite môme toute cassée.

– Justement, tu n'as pas l'air de te rendre compte où tu mets les pieds. Il y a quelqu'un de dangereux derrière tout ça, quelqu'un qui se fiche pas mal de tuer. Alors, un seul midi sans coup de fil et je préviens la police, je ne blague pas.

– Tu voudrais me faire peur, tu ne t'y prendrais pas autrement, plaisanta Olivier, en fronçant ses gros sourcils au point de les réunir et plus impressionné qu'il ne voulait l'avouer.

UNE BLONDE SUR LE TOIT

Les boiseries vernies de la vieille cabine d'ascenseur vibraient un peu durant la montée. Adossée à la paroi du fond, avec à ses pieds une poussette de marché pleine de provisions, la jeune femme serrait frileusement son sac à main contre elle et surveillait Max Mangin du coin de l'œil, sans chercher à dissimuler son inquiétude. Il faut dire que la tête de Mangin inspirait naturellement la méfiance, avec ses petits yeux marron trop rapprochés, ses lèvres fines et cruelles, ses oreilles en chou-fleur, son cou de taureau enfoncé dans les épaules. De surcroît, son allure présente était des plus louches : le col crasseux d'une chemise blanche, fripé, rebiquait vers ses joues rongées de barbe, un chapeau de feutre douteux enfoncé jusqu'aux yeux, l'air farouche, il semblait aux aguets.

Un coup de sonnette annonça l'arrivée à l'étage ; soulagée, la jeune femme voulut saisir la poignée de sa poussette.

– Doucement, ma p'tite dame ! fit Mangin de sa voix éternellement enrouée.

Il braquait un automatique sur elle. Les yeux agrandis de peur, la jeune femme lui tendit son sac à main.

– Te... tenez, prenez tout !
– Garde ton blé ma poule ! Non mais pour qui tu me prends ?

La tenant en respect d'une main avec l'automatique, Mangin se pencha, saisit la bride de plastique d'un paquet de lessive parmi les provisions de la poussette. Il se redressa, brandit sa prise, le visage soudain transfiguré de bonheur.

– AZA super concentré, sans phosphates ! Ça c'est de l'or, ma p'tite dame !

Il y eut un bref moment de silence, on entendait ronronner des moteurs électriques, puis le réalisateur cria :

– Coupez !

Aussitôt, un brouhaha de détente envahit le plateau, les projecteurs s'éteignirent, tandis que le réalisateur, contournant la caméra principale, se dirigeait vers le décor.

– Ça va les enfants, c'est la bonne ! annonça-t-il aux deux acteurs qui sortaient de la cabine, plongée maintenant dans la pénombre.

– Tu es sûr ? dit Max Mangin. Il me semble que j'ai montré ce fichu paquet de lessive du mauvais côté.

– On arrangera ça au montage. Demain, on tourne les raccords et les plans rapprochés, il est trop tard pour s'y mettre aujourd'hui.

Olivier Baumont attendait depuis plus d'une heure que s'achève la séance de tournage du film publicitaire. Pour tuer le temps, il lisait un livre, assis près de la grande porte à deux battants du studio de cinéma, où il ne dérangeait personne. Il jetait parfois un coup d'œil du côté de Max Mangin, en discussion avec le réalisateur et se demandait quand il allait se décider à partir. Enfin, il le vit s'éloigner et disparaître par une petite porte de service. Olivier reprit sa lecture. Moins de vingt minutes plus tard, Max Mangin revint le chercher. Les joues toujours aussi bleues de barbe, il portait maintenant un jean propre, un blouson de cuir brun et une chemise immaculée.

– Voilà, je suis prêt, annonça-t-il. On y va ?

Ils quittèrent ensemble les studios et se dirigèrent vers la voiture de Mangin. Comme ils ouvraient les portières de celle-ci et s'installaient, Olivier remarqua deux gars en attente dans une Renault grise garée un peu plus loin.

– Désolé de vous avoir fait poireauter, s'excusa l'acteur, mais c'était le seul moyen de se rencontrer en ce moment : je suis pris sans arrêt.

Olivier assura qu'il comprenait le problème, mais il doutait en lui-même que Mangin fut un acteur surmené. Drôle de type.

Quand Mangin démarra, le journaliste se retourna brièvement : derrière eux, la Renault grise prenait la route à leur suite. Il se dit avec un sourire que la police prenait décidément au sérieux ses dons de porte-guigne. Tout en conduisant, Mangin désigna le livre posé sur les genoux d'Olivier.

– Qu'est-ce que c'est, votre bouquin ?

– *Régions interdites*, un galimatias pseudo-scientifique à propos de l'au-delà. L'auteur soutient qu'hormis les morts-morts, il y a des non-morts, des morts-vivants, des vivants-morts et autres réincarnés qui prennent possession des esprits faibles. Il y a aussi le cas des enterrés cataleptiques... des gens que l'on croit à tort décédés et qui sortent une belle nuit du tombeau pour demander des comptes à la famille. Bref, c'est stupide !

– Alors pourquoi le lire ?

– Parce que le soir de son assassinat, Frédéric Delanion le lisait.

– Bizarre...

– Vous trouvez ?

– Oui, ce genre de littérature ne ressemble pas à Frédéric. C'était un homme intelligent, sensible, cultivé. Il aimait la poésie, les belles lettres, expliqua Mangin de sa voix enrouée.

– J'ai pourtant vu ce bouquin ouvert chez lui, à portée de sa main. Du coup, je l'ai acheté, j'espérais qu'il me donnerait une idée de ses goûts.

– Croyez-moi, c'est loupé !

– Il était maniaque, mais pas illuminé, en somme !

– Maniaque ? Pourquoi maniaque ?

– Je pensais à son habitude de noter ses moindres faits et gestes dans son agenda, vous l'ignoriez ?

Mangin eut un petit rire qui ressemblait à un grincement de porte. Il dit :

– Tous ceux qui connaissaient un peu Frédéric savaient ça : il se déplaçait toujours avec un attaché-case contenant un flacon d'eau de toilette et l'inévitable agenda.

– Comment était-il dans la vie ?

– Frédéric ? Oh ! un type bien, d'une grande ouverture d'esprit, généreux, passionné par son métier...

– Un saint, quoi ?

Un sourire d'une aimable férocité étira les lèvres étroites de Max Mangin. Olivier qui le regardait à cet instant précis, trouva qu'il avait décidément une tête de canaille. Le malheureux paraissait promis, quoi qu'il fît, à une carrière de méchant de cinéma, condamné à mourir avant la fin du film, éternel second rôle. Mangin se gratta la gorge et reprit :

– Si le revers de la médaille vous intéresse, sachez qu'il était aussi orgueilleux, assez cabotin. Il s'emportait facilement, surtout quand les choses ne se déroulaient pas comme il le souhaitait. Du bon, du mauvais : un type normal, quoi !

– Il me semble pourtant deviner chez vous une certaine réserve à son égard, je me trompe ?

– Un brin d'amertume plutôt : on avait débuté ensemble, il y a neuf ans, nous suivions les mêmes cours, on était copains. Pour Frédéric, le succès est arrivé, moi... Il m'évitait de plus en plus.

« Autrement dit, tu le jalousais, coco ! » pensa Olivier, qui demanda :

– Et Claire Balizon, vous l'estimiez ?

– Une peste, mais un joli talent. Vous savez, je l'ai juste côtoyée le temps du tournage. On ne se parlait pas beaucoup. Elle me trouvait une trop sale gueule, je crois. Je lui faisais peur.

Nouveau sourire de Mangin, sans joie, qui poursuivit :

– Pour moi, c'était une gamine capricieuse, elle m'agaçait. Un jour d'ailleurs, Claire a provoqué une histoire qui a mal tourné...

– Ah oui ? Une histoire avec vous ?

Le visage de l'acteur se durcit, il haussa les épaules d'un air excédé et répliqua, la voix râpeuse :

– Dites donc, vous préparez la nécrologie de Balizon et Delanion ou vous voulez m'interviewer ?

– Excusez-moi, mais vous comprenez, comme j'ai découvert les deux crimes, j'en suis encore bouleversé.

Mangin lui jeta un bref regard en coin et dit :

– Ouais, je m'en doute ! Pour être franc avec vous, je dois dire que j'ai hésité à accepter de vous rencontrer, quand j'ai su... Il y a des gens qui attirent les catastrophes.

« Et voilà pourquoi tu m'as donné rendez-vous loin de chez toi, coco, par superstition ! » pensa Olivier amusé.

Il sortit son bloc-notes et se mit à questionner Max Mangin à propos de *Lucifer le dimanche*, mais il n'apprit rien de passionnant : réduit à son habituel petit rôle de méchant, l'acteur n'avait pas assisté à la totalité du tournage. Et il refusa de livrer les grandes lignes du scénario, qu'Olivier aurait voulu connaître. En sorte que, l'interview bientôt achevée, le journaliste se fit déposer près d'une station de métro, au lieu d'aller finir la discussion au bistrot, comme prévu. Mangin paraissait soulagé d'être débarrassé de lui.

– Dormez tranquille surtout : on veille sur vous, dit Olivier avec ironie en le quittant.

– Comment ça ?

– La voiture grise, là-bas, ce sont des flics.

Mangin tourna la tête, le front plissé d'étonnement.

– Les vaches, ils me filent ! Je leur ai pourtant demandé de me laisser tranquille !

Furieux, il fit hurler son moteur et démarra avec des grincements de pneus déchirants.

La station de métro débouchait à quelques pas de l'immeuble. La jeune femme gagna la porte de verre sans hésitation. Une affichette y était apposée : « Visite du studio à louer, 4e étage, escalier A ». La chance lui souriait, inutile d'appeler un à un par l'interphone tous les appartements, jusqu'à ce qu'un occupant acceptât de la recevoir, le temps d'un prétendu sondage d'opinion. Elle entra, se rendit directement à l'ascenseur et monta au huitième et dernier étage. Une fois arrivée, elle chercha l'escalier, grimpa encore d'un niveau. Une porte de fer peinte en jaune vif lui donna accès à la terrasse de l'immeuble. Sur le sol dallé d'ardoise grise, il y avait la parabole d'une antenne satellite et quelques sièges de matière plastique blanche disposés autour d'une table de jardin. Elle s'approcha du muret de béton qui servait de garde-fou. On apercevait la tour Eiffel, le sommet de la tour Montparnasse et, très loin, un peu brumeux, le dôme blanc du Sacré-Cœur. Des édifices voisins plus élevés masquaient la plupart des monuments. La jeune femme accorda à peine un regard à la vue des toits de Paris et porta toute son attention sur le bâtiment situé en vis-à-vis. C'était un immeuble récent au modernisme discret, dont l'appartement le plus élevé comportait une grande verrière, à l'imitation des anciens ateliers d'artistes. De part et d'autre de la verrière s'ouvraient six fenêtres. La jeune femme sortit du sac à main qu'elle portait en bandoulière une paire de jumelles et se mit à observer ces fenêtres sans complexe. Elle vit une partie d'un cabinet de travail apparemment désert, puis une forte femme en tablier bleu, épluchant des carottes, assise devant une table de cuisine, une pièce aux rideaux de voilage tirés, un vaste salon richement meublé derrière la verrière... Des stores vénitiens occultaient deux des autres fenêtres, la dernière donnait dans une chambre d'enfant, à en juger par un ours en peluche géant et quelques jouets également visibles. La jeune femme s'attacha alors à surveiller la cuisinière. Assise au bord du muret, le buste bien droit, elle ne faisait aucun effort pour tenter de se dissimuler. Là-bas, la cuisinière acheva son travail, sortit un moment du champ de vision, puis revint ramasser les épluchures. Elle disparut encore et déboucha peu après au salon, traînant derrière elle un aspirateur. Elle se mit à nettoyer la moquette, se pencha pour décrocher un fil tenace, se redressa, regarda au dehors, leva les yeux et découvrit l'indiscrète. La jeune femme vit distinctement la bouche de la cuisinière s'arrondir de surprise, puis une mimique indignée agita sa tête ; enfin, elle lâcha l'aspirateur et partit d'un pas décidé.

La jeune femme posa les jumelles à ses pieds, se débarrassa du sac à main et de l'imperméable noir qu'elle portait, défit le chignon qui retenait ses longs cheveux blonds. Elle s'assit à nouveau au bord de la terrasse. Un petit vent frisquet courait les toits de Paris, sa robe d'été de toile bleue laissait à nu ses épaules et ses bras. Elle avait la chair de poule, mais dès qu'elle vit revenir la cuisinière au salon, en compagnie d'un bonhomme au ventre replet, elle s'appliqua à sourire.

En face, l'homme d'abord amusé, s'approcha de la verrière.

– Du calme Martine, c'est seulement Jessica Lange qui attend King Kong sur les toits, dit-il.

– King Kong ou pas, quelle malpolie !

Soudain, l'homme s'écria :

– Ça alors !

Il fit demi-tour précipitamment et revint presque aussitôt avec des jumelles de théâtre...

L'homme et la fille en bleu se regardaient. Elle souriait toujours, ou plutôt, jolie panthère blonde, elle montrait les dents. Il ouvrait une bouche incrédule, le dessus de son crâne chauve luisait, il tremblait. D'ailleurs, il dut renoncer très vite à se servir des jumelles. Il recula bras ballants, ses mollets heurtèrent le bord d'une table basse et il s'y assit, une main pressée sur sa poitrine.

– Ne bougez pas Monsieur, je vais chercher votre remède.

La forte femme partit en courant. Elle ramena un verre d'eau et une pilule rose. Le bonhomme prit le médicament, le porta à ses lèvres et but un peu d'eau.

Sur la terrasse, la jeune femme ramassa ses affaires et se dirigea vers l'escalier.

Sur le quai du métro, Olivier feuilletait son bloc-notes, en attendant l'arrivée d'une rame. Il avait dressé une liste de noms, avec les adresses des personnes qu'il comptait rencontrer au cours des prochains jours : Patrice Moulin, le producteur, Michel Zeber, le scénariste, Suzanne Gaulier, la maquilleuse, Alice Pommier, la script-girl, Roland Sangredosse, le directeur de la photo et d'autres encore... Du reportage ou de l'enquête policière, le journaliste ne savait plus très bien ce qui à ses yeux prenait maintenant le plus d'importance. Sans doute l'enquête, car il ne pouvait chasser de sa tête le souvenir des victimes. Quel choc, nom d'une pipe !

Olivier s'avisa brusquement que Sangredosse, le directeur de la photo du film, habitait place des Petits-Pères, autant dire à deux pas de la station Sentier, où il se trouvait actuellement.

– Et si tu allais le voir tout de suite, coco ? Comme ça, au culot, ça te ferait gagner du temps.

Il consulta sa montre : dix-huit heures trente. Il n'avait rendez-vous avec Angéla qu'à neuf heures du soir. C'était l'anniversaire de son amie et pour fêter l'événement en beauté, Olivier l'invitait à *l'Escargot Montorgueil*, le fameux restaurant du quartier des Halles. Un des rares endroits de sa connaissance où la cuisine surpassait celle de sa chère maman.

– Pour aller de chez Sangredosse au restau, ça me prendra à peine dix minutes à pied... Adjugé !

Olivier remonta à la surface et descendit la rue d'Aboukir à grandes enjambées. Sur les trottoirs étroits, les gens s'écartaient à l'avance de cet énergumène ébouriffé et velu qui fonçait droit devant lui, les yeux baissés, l'imperméable débraillé, en marmonnant dans sa moustache. L'immeuble où demeurait le directeur de la photo de *Lucifer le dimanche* faisait face à un commissariat de police, au fond de la place minuscule. Olivier grimpa jusqu'au second étage, sonna à la porte.

Un jeune homme vêtu d'un costume de velours

vert bouteille, une écharpe noire autour du cou, comme s'il s'apprêtait à sortir, lui ouvrit aussitôt. Il était de haute taille, d'une carrure de rugbyman, avec une grosse tête de lion sympathique, aux cheveux châtains abondamment frisés.

– Roland Sangredosse ? demanda Olivier.
– Lui-même.
– Je m'appelle Olivier Baumont et...
– Ah ! le journaliste de *la Tribune de Paris* ! le coupa Sangredosse. Vous venez me porter la poisse ?

Avant qu'Olivier ne puisse répondre, l'autre éclata d'un rire tonitruant et d'un geste large du bras l'invita à entrer. Sangredosse reprit dès que son hilarité s'apaisa :

– Tu tombes mal mon vieux, je peux te tutoyer, hein ? Moi je tutoie tout le monde, c'est comme ça... Je sortais prendre un pot chez des amis, alors je suis plutôt pressé.

– Tant pis pour moi, j'aurais dû prendre rendez-vous, mais je reviendrai, dit Olivier.

– Oh ! je dispose tout de même de quelques minutes, tiens passe par là...

Sangredosse fit entrer Olivier dans une petite pièce de séjour, passablement désordonnée. Des revues, des journaux, des vêtements traînaient un peu partout, des piles de cassettes vidéo s'entassaient sur la moquette, près d'un grand téléviseur.

– Assieds-toi où tu peux, je t'offre une bière : c'est tout ce que j'ai en ce moment.

– Ne te dérange pas pour moi, surtout ! protesta Olivier, mais le colosse s'en allait déjà à la recherche de la boisson promise.

Le journaliste posa le bout de ses fesses au bord d'une vieille banquette envahie d'un fatras de courrier, de photos roulées et de dossiers. Face à lui, punaisé au-dessus d'une cheminée de marbre, il y avait un poster représentant en très gros plan une jeune fille rêveuse. Les cheveux défaits, le buste nu, elle croisait les avant-bras et ses mains reposaient comme deux oiseaux sages sur ses épaules. Un joli portrait, se dit Olivier, il aurait aimé avoir chez lui un pareil hommage à la beauté grave et sereine d'Angéla. Sangredosse reparut avec deux canettes de bière.

– Tu m'excuseras mon vieux, j'ai plus de verre propre, on va boire à la bouteille. Allez, tchin !

– Tchin ! fit Olivier en choquant sa canette contre celle de Sangredosse.

Ils prirent une longue lampée de bière, Olivier essuya un peu de mousse sur sa moustache d'un revers de main.

– C'est de toi ? demanda-t-il en montrant le portrait.

– Oui, j'en suis assez fier, admit Sangredosse, ça date de quelques années déjà. Depuis que je bosse comme directeur de la photo, je n'ai plus le temps d'en faire. Un comble, non ?

– C'est ta petite amie ?

– Une copine de l'époque... je ne me souviens

même plus de son nom. Si j'avais dû retenir celui de tous mes modèles, j'aurais une tête comme ça !

Sangredosse repartit de son rire tonitruant, il avait l'air d'un lion qui rugit de plaisir. Olivier le trouvait décidément sympathique et, gagné par sa joie de vivre, il rit aussi.

– Bon, parlons de choses sérieuses, reprit bientôt Sangredosse. Tu viens me voir pour le film ou pour les crimes ?

– Un peu les deux... Après la disparition des vedettes, il me faut d'autres informateurs pour mon article.

– Ça c'est de la franchise ! s'exclama Sangredosse avec bonne humeur. Je vais te servir de bouche-trou, quoi ?

– Pas exactement, j'ai déjà vu Mangin... Et puis, un directeur de la photo, ce n'est pas n'importe qui.

– Merci mon vieux, mais avec un réalisateur comme Henri Viot, on peut se poser la question.

– Pourquoi ?

– Sur le plan artistique, Henri est capable du pire comme du meilleur, mais dans tous les cas, c'est un dictateur : il ne fait confiance à personne.

Sangredosse termina d'un trait le reste de sa bière et jeta un coup d'œil à sa montre.

– Il faut vraiment que j'y aille, dit-il. Reviens me voir un de ces jours, mais passe un coup de fil d'abord.

Olivier posa sa canette inachevée sur le sol et se leva.

– Comment tu les trouvais, Delanion et Balizon ? demanda-t-il, en suivant son hôte dans le couloir.

– Difficile de juger en deux mots des gens disparus, mon vieux. Disons que dans l'ensemble, Frédéric était un type bien, quant à Claire...

Il réfléchit quelques instants, avant de poursuivre :

– Elle ne savait rien de la vie, une gamine gâtée, si tu vois ce que je veux dire. A la fois adorable et à tuer !

A peine venait-il de prononcer ce dernier mot, qu'il devint écarlate.

– Merde, pauvre môme ! J't'avais bien dit que c'est impossible de juger quelqu'un comme ça. Il fit claquer ses doigts... Exaspérante, je voulais dire. Claire pouvait être exaspérante.

– J'ai compris, assura Olivier avec un sourire amical.

La gêne de Sangredosse le laissa muet jusqu'au bas de l'immeuble. Là, il assena dans le dos du journaliste une tape cordiale à ranimer un asphyxié.

– A la revoyure mon vieux !

Et il disparut vers la rue de la Banque par le passage des Petits-Pères.

Olivier avait presque deux heures à tuer avant son dîner avec Angéla. Il songea un moment sans enthousiasme à s'installer dans un café pour reprendre sa lecture de *Régions interdites*, mais il n'en fit rien.

– J'ai assez perdu de temps avec ce torchon, ce n'est pas là-dedans que je trouverai l'explication de ces deux meurtres...

Brusquement, une idée le frappa.

– Eh, coco ! Mais tu as complètement oublié de vérifier ça !

Il partit en courant en direction de la rue Réaumur où se trouvait la rédaction de *la Tribune de Paris*. Une dizaine de minutes plus tard, essoufflé et suant, il pénétra en trombe dans le hall du journal. C'était vendredi soir, le lendemain de la parution du dernier numéro de l'hebdomadaire. A l'effervescence des jours précédents, où les locaux du journal semblaient une caserne de pompiers fous au moment de l'alerte générale, succédait un calme plat, qui durerait jusqu'au lundi, sauf événement imprévu. Pas un chat, à l'exception d'un jeune gardien installé à la place de la réceptionniste, un nouveau qui n'avait encore jamais vu Olivier et lui demanda fermement de montrer patte blanche. Le journaliste exhiba sa carte de presse et sans écouter les justifications vertueuses de l'autre, fonça vers l'ascenseur.

La salle de rédaction du service culturel, récemment évacuée par les femmes de ménage, exhalait un bouquet d'odeurs de produits de nettoyage : ammoniaque, citron, désodorisants... Les corbeilles à papier, les cendriers étaient vides, aucun papier ne traînait à terre. Olivier s'assit sur le coin de son bureau, choisit parmi les quelques dossiers empilés près de l'ordinateur une chemise cartonnée portant au feutre rouge l'inscription : « Claire Balizon ». Outre des coupures de presse, quelques notes manuscrites et la copie de son dernier article, la chemise contenait surtout des photos. Olivier rejeta les divers portraits d'agence, étala sous ses yeux la vingtaine d'épreuves tirées de son reportage à l'hôtel. Il lui fallut le secours d'une loupe pour découvrir ce qu'il cherchait : l'une des photos qu'il avait prises de la chambre montrait la tablette de chevet de l'actrice assassinée, fixée à la garniture de la tête de lit. Des babioles au bord du plateau et, en arrière, trois bouquins rangés à plat, avec un petit réveil de voyage posé dessus. Impossible de déchiffrer les titres, mais le livre du dessous, plus épais que les autres, présentait un dos rouge et noir, dont les couleurs étaient séparées par une ligne ondulée. Olivier regarda son exemplaire de *Régions interdites* : une couverture rouge et noire, avec une frontière irrégulière entre les deux teintes...

– Ça alors ! Balizon et Delanion possédaient le même bouquin !

Il ramassa une autre photo, regarda l'agrandissement que le labo avait réalisé de l'une des perles de jade découvertes sur la victime.

– Pas plus que pour les perles, ce ne peut être une coïncidence, bougonna-t-il en triturant la pointe de sa moustache.

Il devait bien exister un lien entre les bouquins,

les perles et les deux crimes ? Mais il eut beau s'absorber de longues minutes dans l'étude du problème, Olivier ne put y appliquer le moindre raisonnement logique. Il aurait fallu ici l'intuition fulgurante du détective de choc, seulement voilà : il n'était qu'Olivier Baumont, jeune homme ordinaire.

– Un plouc, oui ! Tout dans les poils, rien dans la cervelle ! s'écria-t-il.

Humilié, il rangea les documents, mit le livre dans un tiroir et quitta le journal.

Il arriva à l'heure au restaurant, Angéla s'y trouvait déjà, installée à la table qu'il avait réservée. Il se pencha pour l'embrasser.

– Que tes convictions féministes me pardonnent, mais tu en jettes comme une Cadillac ! murmura-t-il admiratif.

Angéla avait relevé ses cheveux en un chignon de danseuse et les joues ambrées, l'œil en amande, elle portait une robe mauve avec un col carré de dentelle.

– Toi par contre, tu as la dégaine d'un tacot d'occasion ! reprocha la jeune fille avec son léger accent italien et un petit sourire indulgent.

– Tu ne me trouves pas bien ? s'étonna Olivier, en écartant les pans de son imperméable fripé pour découvrir un costume en toile de jeans dont le pantalon faisait des poches aux genoux.

– Tu aurais pu te raser et te peigner...

Olivier coula un bref regard vers le miroir placé derrière la table, qui lui renvoya sa tête hirsute. Il détourna vite les yeux.

– C'est à n'y rien comprendre : ce matin j'étais impeccable.

– Allez, n'y pense plus, tu es beau comme un sanglier !

Olivier s'assit et déposa avec un air gamin un petit paquet plat au milieu de l'assiette d'Angéla.

– Bon anniversaire !

Sourire, baiser, curiosité ravie, elle dévoila le disque compact du dernier enregistrement de *la Flûte enchantée*.

– Olivier, tu es un amour !

A ce moment, un homme qui prenait place, solitaire, à la table à côté, se gratta discrètement la gorge et dit :

– Vous aimez l'opéra, monsieur Baumont ?

Olivier eut un mouvement de surprise en reconnaissant le commissaire Magnan, figure de poupon rose, mine joviale.

– Oh ! bonsoir commissaire. Heu, l'opéra c'est surtout la passion de mon amie...

Il fit les présentations ; la déception avait soufflé la flamme heureuse qui dansait dans les beaux yeux d'Angéla. Visiblement, elle maudissait déjà ce raseur qui débarquait en gros sabots pour gâcher son anniversaire. Mais trente minutes plus tard, leurs tables rapprochées, ils dégustaient ensemble un plat d'escargots de Bourgogne... Magnan avait conquis l'admiration d'Angéla par sa connaissance étendue de la musique d'opéra et comme le commissaire savait parler avec autant de talent de la bonne cuisine, toute la sympathie d'Olivier lui était aussi acquise. Ils passèrent en définitive une soirée épatante. Au dessert, devant des sorbets à la framboise, Magnan regarda tout à coup Olivier avec malice et demanda :

– Au fait, ça avance votre enquête, mon garçon ?

Le journaliste pencha la tête de côté, baissa les yeux. Il laissa quelques secondes s'écouler avant de riposter :

– Pas mal, pas mal, et la vôtre ?

– Rien de neuf à l'horizon.

Un sourire vainqueur souleva la moustache d'Olivier.

– Moi, je crois avoir trouvé quelque chose, dit-il.

– Peut-on savoir quoi ?

– Eh bien ! si vous pensez à renvoyer l'ascenseur...

– Dans les limites de la stricte légalité, pourquoi pas ? fit Magnan avec un soupçon d'impatience.

– Claire Balizon et Frédéric Delanion s'intéressaient au même bouquin.

Le regard de Magnan devint attentif.

– Vraiment ? Quel est son titre ? Il y avait trois livres sur la table de nuit de mademoiselle Balizon.

– *Régions interdites*, Delanion le lisait certainement, quand l'assassin est arrivé chez lui. Vous l'ignoriez ?

– Le rapport des gendarmes de La Ferté n'en fait

pas mention. Il doit figurer sur l'inventaire des pièces à conviction... J'ai chargé un de mes collaborateurs de l'éplucher. En revanche, j'ai parcouru moi-même l'exemplaire de mademoiselle Balizon : un livre remarquablement ennuyeux !

– C'est le moins que l'on puisse dire, mais je me demande quel rapport il peut y avoir entre ce bouquin et les perles de jade ? Ce sont les seuls éléments communs aux deux affaires, mis à part le film qui réunissait les victimes.

– Il y en a un évident : l'ouvrage traite de la réincarnation, des revenants et autres ectoplasmes. Or, pour certaines religions, le jade est un symbole d'immortalité, de survie après la mort... On enterrait les princes de la Chine archaïque revêtus de perles de jade, pour préserver leur dépouille dans l'au-delà.

– Ma ! Vous êtes drôlement calé ! admira Angéla, avec son accent roucoulant.

– Je n'ai aucun mérite, je me suis documenté pour les besoins de l'enquête.

– Dans le cas de Balizon et Delanion, reprit Olivier, côté immortalité, c'est plutôt loupé !

– Nous avons peut-être affaire à un meurtrier fou, estima Magnan.

– Ou à une secte d'illuminés, dit Olivier. Avez-vous interrogé l'amie de Frédéric Delanion ? Elle est d'origine brésilienne et le Brésil grouille de sectes bizarres, il paraît.

– Non, car elle se trouve au Tibet. Impossible de la joindre en ce moment et elle y reste une quinzaine de jours encore, si j'ai bien compris.

– Le Tibet ? Il y en a qui ont de la veine !

– Vous trouvez ? objecta le commissaire. Personnellement, je déteste les voyages, je passe toutes mes vacances en Auvergne... Cette jeune femme est mannequin de mode : un de ces métiers fantaisistes qui donnent la bougeotte.

A voir la moue écœurée du commissaire, il était clair qu'il mettait la bougeotte au nombre des maladies inquiétantes, contre lesquelles il aurait souhaité que la science découvrît un vaccin. Ils restèrent un moment silencieux, un peu gênés, puis Magnan consulta sa montre et déclara qu'il devait faire un saut à son bureau avant d'aller se coucher.

– J'ai passé une excellente soirée, merci les enfants, dit-il d'un ton protecteur.

– Et moi, j'espère que nous nous reverrons pour parler encore d'opéra ! roucoula Angéla.

– Qui sait ? fit Magnan.

Il s'en alla, tout rond et rose, guilleret.

LE PRODUCTEUR ET LES REPTILES

– Angéla, tu es aussi belle le matin que le soir, dit tendrement Olivier.
– Debout fainéant. Et rase-toi, si tu espères que je t'accepte encore ici.
– On est bien tous les deux, tu ne trouves pas ? fit-il, l'air câlin.
– Pas mal, mais il est l'heure que je parte au travail.
– Bon sang ! J'oubliais ma conférence de rédaction, s'exclama Olivier.
– On déjeune ensemble à midi ?
– Impossible ma douce ; après la conférence, je dois pondre un article, ensuite je prends ma casquette de Sherlock Holmes... Olivier Baumont, détective de choc, va interviewer le scénariste et le producteur de *Lucifer le dimanche*...
– Alors, à ce soir et n'oublie pas de te raser.

Michel Zeber reçut Olivier sans façon, dans son petit appartement du dix-huitième arrondissement. C'était un grand garçon portant lunettes, avec un air d'éternel jeune homme, bien qu'il eût des tempes argentées. Sa femme apporta du café au salon et s'éclipsa. Dans la pièce voisine, on entendait un violon s'arracher les notes approximatives d'une gamme.

– Ma fille, expliqua Zeber sans pouvoir s'empêcher de grimacer.

– Les débuts sont toujours difficiles, répondit Olivier compatissant.

– Vous vouliez me parler de *Lucifer le dimanche*, je crois ?

– En effet et je vous remercie de m'accueillir car vous devez être sous le choc de la mort de vos interprètes.

– Oui et non... Oui, parce que je n'ai pas l'habitude qu'un de mes scénarios figure à la rubrique des faits divers, non, parce que je ne connaissais personnellement ni l'un ni l'autre de ces malheureux. Pour être franc, j'ai quelque réticence à voir mon nom figurer sur l'affiche. Le film ressemble assez peu à ce que j'avais écrit primitivement. Cela se passait au quinzième siècle, en Bourgogne, dans un village terrorisé par la superstition et les agissements meurtriers d'un seigneur à demi fou. Je m'étais inspiré d'une histoire vraie. Le producteur et le réalisateur m'ont fait transposer les événements au début du siècle, changer mon village de paysans contre la demeure cossue d'une famille de parvenus, avec scènes exotiques dans une plantation de caoutchouc en Malaisie, vous voyez le tableau...

– J'avais oublié, mais c'est vrai qu'ils ont tourné des séquences en Malaisie ! s'exclama Olivier.

La Malaisie ! Troublé, il revoyait l'étrange lame biscornue qui avait tué Delanion et le médecin légiste disant que c'était un kriss malais.

– La Malaisie, vous y étiez ?

– Non, répondit Zeber. Je travaillais ici sur un autre projet.

– Qui est parti là-bas ?

– Ma foi, je ne m'en suis guère soucié. Attendez... Delanion bien sûr et Claire Balizon, Mangin, Henri Viot le réalisateur, ainsi que Patrice Moulin le producteur, sans doute des assistants et un petit nombre de techniciens.

– Je croyais qu'on employait des techniciens locaux ?

– Souvent, par mesure d'économie. Pourquoi entretenir à grands frais à l'étranger une équipe complète alors que la main-d'œuvre locale est moins chère ? Mais dans le cas présent, je crois me souvenir que la prise de son, la décoration, le script, le maquillage, ont été assurés par des Français. Même l'habilleuse a suivi le tournage... ses impressions malaises vous intéresseraient-elles ? termina Zeber.

Il souriait, amusé de voir Olivier prendre des notes.

– Qui sait ? répondit ce dernier. A votre place, je me serais laissé tenter par l'Asie mystérieuse, les îles parfumées...

- Bof ! Cet avatar tropical n'était pas de mon goût. Remarquez, j'ai tort de me plaindre : j'ai accepté ce qu'ils ont voulu sans rechigner... Il faut bien vivre, hélas !

- Je croyais qu'un scénario original échappait à ces mésaventures.

- Peut-être aurais-je pu défendre ma version avec plus de vigueur, mais j'avais besoin d'argent avant toute autre préoccupation.

Le violon grinça trois fausses notes d'affilée...

- Excusez-moi, je transpire avec elle, dit Michel Zeber en ôtant ses lunettes pour les essuyer.

Il avait des yeux doux, un peu perdus, de myope ; la prestation de sa fille semblait l'affliger.

- Je ne vous mets pas dehors, reprit-il, mais je dois vous prévenir que ma fille va entamer les arpèges et alors là...

- Quel âge a-t-elle ?

- Huit ans.

- Courage, il vous reste encore quatre ans pour qu'elle devienne une enfant prodige.

Patrice Moulin, producteur de cinéma et coproducteur de *Lucifer le dimanche*, regarda son profil dans la psyché de sa chambre. Il essaya de rentrer le ventre sans résultat. Il se consola en se disant qu'un peu d'embonpoint lui seyait. Il s'habillait d'élégants costumes de teintes sombres, qu'il rehaussait de chemises colorées.

Nadine, sa femme, prolongeait un séjour à

Toulouse auprès de leur fils inscrit dans une école vétérinaire. Nadine filait à Toulouse à la moindre occasion. Cela agaçait Patrice Moulin de devoir se débrouiller seul avec Martine, la bonne. Il oubliait d'inscrire sur le pense-bête de la cuisine les produits de toilette qui lui faisaient défaut et rageait de se retrouver sans lotion après rasage, parce que sa femme n'était pas là pour y penser.

Il rejoignit Martine à la cuisine, lui dit qu'il dînerait dehors ce soir. La bonne ronchonna qu'il aurait pu la prévenir avant les courses, elle avait justement acheté une belle escalope.

– Ma petite Martine, vous me la préparerez demain. Quand Madame téléphonera, demandez-lui quand elle compte revenir.

– Si elle ne se décide pas, c'est moi qui partirai, tout le monde a besoin de vacances, grogna la bonne.

– Vous ne feriez pas cela, ma petite Martine, que deviendrais-je sans vous ?

La main sur le cœur, l'air suppliant, il s'assit sur une chaise.

Martine, la quarantaine rebondie, le teint prospère, se mit à rire.

– Vous savez bien que non, Monsieur. Lâchez votre cœur, il se porte comme un charme. Dites donc, je vous trouve très élégant pour un homme qui sort sans sa femme...

– Nécessité du métier.

– Vous avez vos pilules ?

– Là, dans ma poche poitrine.

L'ascenseur interrompit plusieurs fois sa descente au sous-sol, intercepté par des usagers qui gagnaient le rez-de-chaussée. Une chevelure blonde fit sursauter Patrice Moulin, vite rassuré par le visage adolescent auquel elle appartenait. Décidément, sa vision de l'autre jour le perturbait.

« Si je dois défaillir à chaque blonde que je rencontre, je ne vais pas aller loin ! »

Il termina seul son parcours jusqu'au parking. Il marcha vivement vers le box de sa Peugeot toute neuve, les clefs à la main. Il se penchait vers sa portière quand il constata surpris qu'elle n'était pas fermée à clef. Ce ne pouvait être un oubli de sa part : même pour un arrêt de quelques minutes, il verrouillait tout. Patrice Moulin ouvrit la portière, la lampe d'intérieur s'alluma. La serrure avait été forcée, cependant, à son grand étonnement, il vit que l'auto-radio et le lecteur de cassettes étaient toujours là, de même que ses coûteuses lunettes de soleil, dans la boîte à gants. Il ne manquait rien.

– Sûrement un voyou dérangé au cours de son travail et qui se sera enfui sans avoir eu le temps de me voler, pensa-t-il.

C'est alors qu'il vit la perle verte, pendue au bout d'un fil au rétroviseur.

– Quoi encore ?

Il tira sur la perle, cassant le fil au ras du rétroviseur. Il la tourna entre ses doigts sans comprendre, puis la mit dans la poche de sa veste.

– On force ma serrure, on me laisse une perle, qu'est-ce que ça signifie ?

Il se sentait furieux et mal à l'aise de cette bizarrerie.

– Je n'ai plus qu'à aller tout de suite au garage, faire changer ma serrure !

Patrice Moulin claqua sa portière à plusieurs reprises, avant qu'elle n'acceptât de se fermer. Il attacha sa ceinture, mit le moteur en route, manœuvra vers la sortie. Il atteignit le haut de la rampe, déboucha en plein jour. Il tournait la tête à droite afin de s'assurer que la voie était libre, quand quelque chose, qu'il prit un bref instant pour un bâton, jaillit de la plage arrière par-dessus son épaule droite. Il vit alors, à quelques centimètres de sa figure, un serpent vert, gueule grande ouverte, qui se balançait à l'horizontale, comme un fouet. Il freina brusquement, le moteur cala. Il tenta, fébrile, de détacher sa ceinture, un deuxième serpent vint survoler son épaule gauche. Tout jaune, rigide, il dardait des coups de langue à une vitesse terrifiante, à proximité de sa joue. Patrice Moulin suffoqua d'horreur, il chercha machinalement sa boîte à pilules d'une main qui tremblait, mais trop tard. Il s'affala sur le volant, déchirant le bruit ordinaire de la rue d'un hurlement de klaxon ininterrompu. Au fond du parking, une ombre se glissa dans l'ascenseur qui monta aussitôt.

Les gyrophares d'une camionnette de pompiers

clignotaient, encadrant avec un fourgon de police et une voiture du Samu, une automobile particulière dont le klaxon beuglait de façon continue, sinistre. Des policiers repoussaient une rangée de badauds, qui n'avait de cesse de se rapprocher de nouveau. Olivier, bien que grand, se dressait sur la pointe des pieds sans réussir à voir quoi que ce soit. Derrière, une automobile s'arrêta. Quelqu'un lui tapota l'épaule. Le commissaire Magnan, toujours rose et rond, souriait.

– Farceur ! Vous avez omis hier soir de me prévenir de votre visite à Patrice Moulin. C'est bien lui que vous veniez voir, non ?

– Euh ! oui. Vous aussi je suppose ?

– Vous êtes vraiment calamiteux, mais cette fois il ne vous a pas attendu.

– Vous voulez dire que...

– Venez.

Magnan prit le bras d'Olivier, l'entraîna avec autorité au travers du petit groupe de curieux acharnés, qui reculait et avançait comme le flux et le reflux.

– Faites-moi circuler ce monde ! cria Magnan aux agents, puis il poursuivit à l'intention d'Olivier :

– Patrice Moulin a eu une crise cardiaque au volant de son automobile.

– Il est mort ?

– On n'en sait encore rien.

– Cette fois au moins, ce n'est pas un crime, dit Olivier.

– Attendez de voir pour en être certain, il y a paraît-il auprès de lui de petites fantaisies d'un goût douteux...

Ils rejoignirent les pompiers qui montaient la garde autour du véhicule du producteur. Un serpent jaune, installé sur la nuque et le dos de l'homme affalé en avant, balançait la tête en dardant de petits coups de langue impressionnants, tandis qu'un autre reptile, vert, irréel, oscillait d'une portière à l'autre de son corps mince, en passant au-dessus du crâne de Patrice Moulin. Il ouvrait vilainement la gueule.

– Commissaire Magnan, cria ce dernier à l'oreille d'un pompier gradé, pour se faire entendre par-dessus le hurlement du klaxon, alors, où en est-on ?

Celui-ci lui répondit de la même manière :

– Impossible d'envoyer des gaz par le trou de la serrure. Si le type vit encore, on risque de l'achever. Nous attendons un ophiologue du Jardin des Plantes. Il ne devrait plus tarder.

– Un ophiologue ? questionna Olivier, fasciné par le manège du fouet vert, à l'intérieur du véhicule.

– Un spécialiste des serpents.

– Pour moi, le bonhomme est mort et à sa place, je le serais aussi ! murmura Olivier.

– Faites sauter le capot et arrachez-moi ce klaxon, c'est à devenir fou ! brailla Magnan.

– Nous attendions un ordre, répondit un jeune policier, l'air confus.

En quelques minutes le capot céda et un coup

de cisaille aux fils du klaxon rendit à la rue ses bruits coutumiers, presque le silence après tant de vacarme. Peu après, un long monsieur chauve, porteur d'une mallette et d'un grand sac de toile, sortit d'un taxi et approcha. Il sourit à la vue des serpents.

– J'avais amené de quoi affronter des cobras mais il s'agit d'inoffensives couleuvres arboricoles.

– Jamais vu de couleuvres pareilles ! s'exclama Magnan.

– Elles sont originaires de Malaisie, on en trouve dans tous les jardins, là-bas ; on peut aussi s'en procurer facilement en Europe, chez les marchands spécialisés.

L'homme chauve ouvrit la portière, saisit tranquillement le serpent fouet, puis le serpent doré et les enfouit tour à tour dans son sac.

– Voilà messieurs, le reste n'est plus de ma compétence... De jolis spécimens.

Les médecins du Samu se précipitèrent, mais Patrice Moulin était tout ce qu'il y avait de plus mort. Magnan fouilla ses vêtements. En plus du portefeuille et de pilules pour le cœur, il exhuma d'une poche de la veste une perle verte attachée à un fil.

– Et voilà la signature, dit-il songeur.

– Elle était accrochée au rétroviseur, remarqua Olivier penché à la portière. Regardez, le bout de fil cassé est le même... Et la serrure est esquintée, vous avez vu, commissaire ?

Magnan, rieur, répondit :

– Continuez comme ça monsieur Baumont, vous allez devenir un fameux détective. Allons, ne vous vexez pas ! Tenez, pour vous remercier de votre information d'hier soir, je vous invite à visiter l'appartement du défunt, mais pas de blague hein ? Vous ne publierez rien sans mon autorisation.

Martine ouvrit la porte et, quand le commissaire eut décliné son identité, elle les fit entrer, effarée.

– Madame est absente, Monsieur aussi.

– Votre nom ?

– Martine Jouvre. Je suis la bonne de Madame et Monsieur depuis dix ans.

– Très bien. Si vous voulez éteindre cette télévision, on s'entendra mieux parler... merci.

– Qu'est-ce qui se passe, monsieur le commissaire ?

– Votre patron est mort en sortant du parking.

Martine en resta muette, bouche bée, durant quelques secondes, puis elle s'exclama :

– Pas possible ! Et qu'est-ce que je vais dire à Madame, quand elle appellera ?

– Nous nous en chargerons.

– C'est son cœur ? Quand je pense que personne ne le prenait au sérieux !

– En effet, son cœur a lâché... Dites-moi, avait-il des animaux familiers ?

– Madame a son caniche, mais Monsieur lui donnait des taloches dès qu'elle tournait le dos, les animaux ce n'était pas son genre.

– Même les serpents ?

Martine regarda Magnan ahurie.

– Là, je comprends rien, monsieur le commissaire.

– Je vous demande s'il avait des serpents familiers ?

– Vous vous moquez de moi ?

– Aucunement, je vous expliquerai plus tard.

– Ce pauvre monsieur Moulin, il les avait en horreur ! Quand il était en Malaisie l'an dernier, il en a vu une fois dans le jardin de l'hôtel. Il lui a fallu deux pilules coup sur coup pour s'en remettre. Ensuite, avant de rentrer dans sa chambre, il envoyait toujours quelqu'un de l'équipe faire la chasse au reptile tellement il en avait peur. C'est ce qu'il m'a raconté.

– Avait-il des ennemis, des gens qui lui en voulaient ?

– Ça, je l'ignore. Des gens jaloux peut-être, vu sa réussite, mais c'était un brave homme, aimable et poli avec tout le monde.

– Madame Moulin est absente depuis combien de temps ?

– Un mois... Sans elle, Monsieur était perdu.

– Vous a-t-il paru nerveux ou inquiet ces derniers jours ?

– Non, Monsieur était un homme gai. Ah ! quel malheur ! Moi qui le croyais sorti avec des amis.

– Je m'étonne que vous n'ayez pas entendu son klaxon, tout le quartier était assourdi ?

– Vous savez, avec la télé allumée... et puis, l'appartement donne sur des jardins et des terrasses, la rue est à l'opposé.

Olivier approcha de la verrière et Martine s'exclama :

– Tiens, vous me rappelez Monsieur ! Il se tenait justement où vous êtes quand il a eu cette frayeur, hier.

– Quelle frayeur ? demanda Magnan.

– A cause d'une blonde en robe bleue. Monsieur a trouvé qu'elle ressemblait à King Kong, je me demande pourquoi ! C'était une belle fille, genre Grace Kelly, vous voyez... Elle nous surveillait sans gêne depuis la terrasse d'en face. Monsieur l'a regardée avec des jumelles et il s'est laissé tomber assis. Il était blanc, il tremblait, je lui ai fait prendre son médicament. Après, la fille avait disparu. Et quand j'ai demandé à Monsieur pourquoi cette malpolie l'avait tellement bouleversé, il m'a répondu : « Ce n'est rien, Martine, j'ai été la proie d'une illusion ». Il a refusé d'en dire davantage et m'a recommandé de ne plus lui parler de l'incident.

– Très bien Martine, dites-moi maintenant : monsieur Moulin avait-il reçu un livre ces temps derniers ?

– Un livre ? Il en reçoit trois ou quatre tous les jours, vous savez !

– Ah ! Celui dont je vous parle a une couverture rouge et noire...

– Il m'en a donné un comme ça, la semaine

dernière. Quand les livres ne lui plaisaient pas, il me les offrait. Je n'ai pas encore commencé à le lire, il s'appelle...
— *Régions interdites* ?
— Oui, voilà ! Vous voulez que j'aille le chercher ?
— Non merci, c'est inutile. Dites-moi plutôt où je puis joindre madame Moulin...

7
L'HABILLEUSE BABILLARDE

– Angéla ?
– Olivier, tu exagères ! Tu as une heure de retard.
– Pardon ma douce, je n'ai pas pu t'appeler plus tôt : j'ai quitté le journal au milieu de la matinée.
– Où es-tu ?
– A Courbevoie, au café en face des studios Galaxie. D'après mes renseignements, j'y trouverai la plupart des techniciens qui ont travaillé sur le film. Pour le moment, ils sont partis déjeuner et moi j'en suis à mon troisième sandwich... Il n'y a rien de consistant à manger ici !
– Je t'attends ce soir avec une montagne de lasagnes.
– Tu ne crains pas de prendre de mauvaises habitudes ? ironisa-t-il.

La voix d'Angéla se fit sèche :
– Quand te rencontrer deviendra une habitude, je chercherai un petit gros amusant et si possible sans poils sur la figure.

Là-dessus, elle raccrocha. Olivier murmura de

tendres excuses à un téléphone sourd, uniquement occupé de sa tonalité.

En quête des collaborateurs de *Lucifer le dimanche*, Olivier joua un bon moment la balle de ping-pong entre divers praticables. Ici on tournait, « silence ! », ailleurs on l'informait que le preneur de son, la script, se trouvaient en Tunisie et les machinistes aussi. La maquilleuse était sortie ; aucun chef opérateur, assistant, cameraman, électricien, accessoiriste, qui ne fût occupé au loin. Olivier désabusé sortit la liste de sa poche et vit qu'il restait un seul nom : Clarisse Dussol, l'habilleuse.

Clarisse siégeait au dernier étage, parmi d'innombrables costumes étiquetés, qui pendaient sur des cintres et occupaient une grande pièce sous le toit.

– Clarisse Dussol ?

– C'est moi.

– Je vous cherchais... Olivier Baumont, journaliste à *la Tribune de Paris*.

– Vous me cherchiez, moi ?

– Je glane des anecdotes sur le tournage de *Lucifer le dimanche*, vous me semblez la personne idéale pour ça.

– C'est bien aimable, répondit la femme, flattée. J'ai en effet suivi presque tout le tournage comme habilleuse. Vous n'imaginez pas ce qu'on apprend sur les vedettes quand on passe sa vie à s'occuper d'elles. On répare un petit accroc ici, on retouche là un costume, parce qu'ils ont du ventre à cacher, ou pas assez de poitrine...

– Formidable !

– Est-ce que mon nom sera dans le journal ?

– Bien sûr, à moins que vous ne désiriez garder l'anonymat.

– En général les magazines nous ignorent, pourtant nous pourrions en raconter des choses et il s'en passe derrière les coulisses !

Elle parlait, les yeux brillants, excitée de jouer à la vedette.

– Je suis tout oreilles.

– Tenez, le pauvre monsieur Delanion, c'était un grand acteur, scrupuleux au travail, toujours à l'heure, mais colérique. Ah, là là ! un rien le mettait en fureur. Avec Claire Balizon, il piquait de ces crises !

– Pourquoi ?

– Elle n'était jamais prête à temps, elle apprenait mal son texte, il ne le supportait pas. Ce qu'il lui a passé ! Elle en pleurait de rage.

– Alors, ils ne s'aimaient guère ?

– Oh lui, une fois sa colère oubliée, il lui ramenait des fleurs, des babioles, façon de montrer qu'il n'était plus fâché... Elle par contre, cachait mal sa rancune et sa jalousie. Il faut bien admettre que, malgré son joli visage et son air angélique, dès que Delanion arrivait sur le plateau, avec ses yeux verts, son talent, elle paraissait plutôt falote et elle le sentait bien. Ça a été un sale tournage, croyez-moi ! Je ne suis pas près de l'oublier.

– Que voulez-vous dire ?

– L'ambiance était tendue, à cause de toutes ces

jalousies. Delanion piquait des coups de rogne, Claire Balizon des crises de nerfs, il fallait toujours que monsieur Viot aille les calmer, les réconcilier, quand il ne prenait pas sa crise lui aussi. Mangin faisait la gueule, traitait Viot de tyran, Delanion de cabotin, Claire de poupée capricieuse... C'était tous les jours pareil. Quant à la vilaine affaire de Malaisie, ils l'ont étouffée, mais si je voulais parler...

Olivier se rendit compte qu'elle ne demandait que ça. Il tortilla une mèche de cheveux au-dessus de son oreille et encouragea l'habilleuse :

– Que s'est-il passé en Malaisie ?

– Un drame, avec Agnès Langlade. Elle avait un petit rôle et servait de doublure à Claire Balizon...

– Je vous en prie, racontez-moi.

– Vous le garderez pour vous ?

– Si vous le demandez...

– J'ai assez crié sur les toits ce que je pensais, je ne tiens pas à ce que ce soit publié. Au retour, Moulin et Viot m'ont congédiée deux semaines avant la fin du tournage... Je n'ai eu aucun mal à me recaser, mais dans le milieu, tout le monde se connaît et ça pourrait me faire du tort si je racontais ça dans un journal.

– Vous avez ma parole, dit Olivier en triturant sa moustache.

– Ma foi, du moment que vous me promettez la discrétion...

« Bon sang, qu'est-ce qu'elle attend ? Elle en meurt

d'envie ! » se dit Olivier, qui sentait l'énervement le gagner.

– Mais oui, assura-t-il.

Clarisse Dussol attrapa un tabouret, s'assit, croisa les jambes, tira sur sa jupe et se lança enfin :

– Eh bien voilà ! Malgré son caractère pénible et ses bouderies, je croyais Claire Balizon plutôt bonne fille, dans le fond, jusqu'à cette affaire de collier.

Olivier tressaillit.

– Quel collier ?

– Un superbe collier de perles de jade qu'elle s'était offert dès son arrivée à Singapour. Un beau bijou, il nous faisait toutes pâlir d'envie et particulièrement Agnès Langlade. Elle a même essayé de l'emprunter à Claire pour un soir, mais celle-ci a refusé avec hauteur. « On ne porte pas des choses qu'on ne peut pas s'offrir », elle lui a dit. J'étais là et j'ai pensé qu'elle avait des manières de parvenue. Agnès était déçue, mais surtout furieuse, à cause de la réponse de Claire. Elle ne lui a plus adressé la parole.

– Et alors ? demanda Olivier, les yeux brillants de curiosité.

– Le lendemain matin, plus de collier, envolé, disparu ! La maquilleuse a juré qu'elle avait vu Agnès sortir de la chambre de Claire pendant que celle-ci nageait dans la piscine de l'hôtel.

– C'était vrai ?

– On ne le saura jamais... Une sale histoire, je vous dis et qui a mal fini.

– Continuez, supplia Olivier en tordant ses favoris.

– Nous aurions pu régler cette affaire entre nous, mais Claire a exigé l'intervention de la police. Et voilà le tournage interrompu, les policiers qui fouillent Agnès, mettent sa chambre sens dessus dessous, interrogent tout le monde. On n'a rien trouvé, pourtant Claire continuait d'accuser Agnès et la pauvre petite a subi des heures d'interrogatoire. Quand elle est revenue en larmes, Claire l'a accablée d'injures pas jolies jolies.

« Je me demande si tu n'en rajoutes pas un peu, ma mignonne, pensa Olivier. »

– Que s'est-il passé ensuite ? reprit-il.

– On devait tourner une scène où Agnès conduisait une voiture ancienne, sur un chemin en pente. En temps normal, Agnès était consciencieuse, toujours prête à travailler, mais cette fois elle a refusé. Elle était trop bouleversée, elle n'arrêtait pas de pleurer. Malgré ça, ils se sont tous mis contre elle, sauf Max Mangin qui était absent ce jour-là. Ils criaient après elle, monsieur Viot, monsieur Moulin, cette peste de Claire et même monsieur Delanion. Ils prétendaient qu'Agnès leur avait fait perdre la matinée avec cette histoire de vol et qu'ils n'allaient pas lui laisser gâcher aussi l'après-midi : le film passait avant les humeurs d'une doublure. Je sais qu'une journée perdue coûte cher à la production, surtout à l'étranger, mais tout de même ! Bref, j'ai dû l'habiller et ils l'ont forcée à monter dans la voiture malgré ses sanglots. Agnès a démarré en trombe, ce n'était pas prévu : c'est la caméra qui devait filmer en accéléré. Nous avons crié, mais l'auto filait déjà. Elle s'est emballée dans la descente, tout en bas il y avait un virage. Agnès n'a pas réussi à le prendre, elle a percuté un arbre... Elle est morte sur le coup. Elle n'était pas en état de conduire, vous comprenez !

– Est-ce que cette scène figure dans le film ?

– Ça m'étonnerait, ils l'auront coupée. Le scénario ne prévoyait pas un accident mortel en direct.

– Agnès ressemblait à Claire ?

– Non, à part les grands cheveux blonds ; mais avec le costume de Claire et le chapeau, en plan éloigné, on ne voyait aucune différence. Le tournage a continué, personne n'a plus prononcé son nom. Nous étions peu nombreux pour accompagner son cercueil jusqu'à l'avion qui l'a rapatrié. Les autres, apparemment sans regrets ni remords, ont tiré le rideau dessus. Je la revois dans sa robe bleue... Elle était mignonne, pauvre Agnès !

– Une robe bleue, tiens, tiens...

– Elle ne portait que du bleu, ça lui allait bien.

– Tout de même, il y a certainement eu enquête après sa mort ?

– Oui, mais ce n'étaient pas les mêmes policiers que le matin, ils ne voyaient rien à reprocher à personne. J'ai raconté ce que je savais, sans qu'on en tienne compte. Les autres ont soutenu qu'Agnès faisait simplement son métier et que l'accident provenait d'une mauvaise manœuvre de sa part car la scène ne comportait aucun risque. Ils ont conclu à un accident du travail, ce qui était vrai en somme. C'est moi qui ai emballé les affaires d'Agnès, j'ai trouvé l'adresse de sa famille et j'ai écrit une lettre dans laquelle je racontais tout, comme à vous. Je n'ai jamais reçu de réponse...

« Toi, tu veux vraiment te faire valoir ! », pensa Olivier, qui demanda :

– Vous avez gardé l'adresse ?

– Non, pourquoi faire ? C'était à Asnières, je crois... dites, vous n'allez pas embêter ces gens, j'espère ? ajouta l'habilleuse brusquement méfiante.

– Bien sûr que non, je ne m'intéresse qu'au film. A ce propos, vous connaissez la maquilleuse, je suppose ?

– Elle ne m'adresse plus la parole depuis cette histoire, surtout que je lui ai dit qu'elle portait une lourde responsabilité dans le drame, à cause de son témoignage de sale fouineuse. On se croise sans se reconnaître... Il paraît qu'elle ne tourne pas rond ces temps-ci.

– Il faut avouer que ces meurtres en série ont de quoi troubler, non ?

– Je suis impressionnée, forcément. Des gens qu'on a connus, à qui on parlait tous les jours... Ça semble bizarre, cette hécatombe parmi les grands noms du film.

– En effet, mais la police enquête, elle finira bien par trouver le coupable.

– Un fou certainement, dit Clarisse Dussol en se levant. Maintenant excusez-moi, on m'attend sur le plateau cinq. Si vous désirez d'autres renseignements, des renseignements confidentiels, souligna-t-elle avec un clin d'œil complice, je suis ici tous les jours en ce moment.

« Je m'en doute, se dit Olivier. Elle a tellement envie de se faire mousser qu'elle est prête à m'inventer de nouveaux épisodes, mais son récit est tout de même troublant. »

Olivier sonna à la porte d'Angéla, surexcité. Dès qu'elle lui ouvrit, il la souleva dans ses bras, la fit tournoyer.

– Mon Angéla, j'ai fait une découverte sensationnelle, je crève d'impatience de te raconter !

– C'est ça, racontez-nous, fit une voix venue de la pièce à côté.

– Qu'est-ce que c'est que ce traquenard ? Pourquoi est-il ici ? grogna Olivier en marchant à grands pas vers le salon.

– Sois poli Olivier, il n'y a pas de piège, j'ai simplement invité le commissaire Magnan à dîner.

Le commissaire, enfoncé dans un profond fauteuil avec le chat d'Angéla sur les genoux, souriait à Olivier, l'air bon enfant.

– Alors monsieur Baumont, vous avez du nouveau ?

Olivier se frotta énergiquement les cheveux et prit un air buté.

– C'est-à-dire... Je n'oserais jurer que mon informatrice ne fabulait pas. Je doute que cela vous intéresse.

– Tout ce qui concerne une enquête criminelle m'intéresse, cacher un renseignement utile serait un délit. Ceci dit, je ne suis pas en service... Angéla est merveilleuse, j'adore la cuisine italienne, j'aime les chats et j'ai plaisir à vous voir : bavardons entre amis.

– Angéla ! Depuis quand t'appelle-t-il par ton nom ?

– Depuis que nous avons déjeuné ensemble, après ton coup de fil de midi. C'est moins cérémonieux que mademoiselle.

– Et toi, comment l'appelles-tu ?

– David. Je n'osais pas, mais il a insisté.

– Et en plus, il aime l'opéra ! dit Olivier accablé.

Angéla éclata d'un rire limpide. Elle mit ses bras autour du cou d'Olivier pour l'obliger à s'asseoir sur le canapé auprès d'elle.

– Ah ! Verdi ! s'exclama Magnan, en caressant amoureusement le chat.

Olivier se renfrogna, l'œil charbonneux, ses gros sourcils froncés. Angéla entoura ses épaules d'un geste tendre.

– Quitte cet air sauvage, pense à la montagne de lasagnes qui t'attend... et raconte !

– Allez-y monsieur Baumont. L'enquête terminée, je dirai combien votre aide m'a été précieuse.

Les yeux de Magnan brillaient, Olivier pensa : « Rigole toujours coco, tu vas voir ! »

Olivier se lança dans le récit de son après-midi

aux studios Galaxie. Quand il eut terminé, Magnan s'était dessaisi de son air amusé.

— Passionnant mon garçon, beau travail. Je ne connaissais pas cet aspect du drame et cela m'éclaire sur quelques points.

— Parce que vous étiez au courant de la mort d'Agnès Langlade ?

— Oui, mais de la version officielle. J'ignorais les conditions réelles dans lesquelles elle s'était produite. Bien, maintenant faisons le point : d'une part, en Malaisie nous avons la mort violente d'une jeune blonde vêtue de bleu et accusée du vol d'un collier de jade. D'autre part, nous trouvons en France des gens de cinéma assassinés, Delanion, Balizon, Moulin ; sur les trois crimes, deux faisaient référence à la Malaisie. Les trois morts portaient une perle de jade sur eux, ils possédaient le même livre sur les phénomènes paranormaux. Enfin, une inconnue blonde habillée de bleu surgit à chaque crime. Avant ou après, quelqu'un l'a vue.

— Sauf pour Delanion, objecta Olivier.

— Vous oubliez les traces de pas, la barque empruntée...

— Alors elle pourrait être la meurtrière ? dit Angéla.

— Ça n'a rien d'impossible, ou une complice, une indicatrice... En tout cas, cette jeune personne nous file entre les doigts sans qu'il y ait moyen de l'identifier. Je ne peux pas interroger toutes les blondes de Paris.

– La solution est peut-être dans le passé d'Agnès ? remarqua Olivier.

– Je vérifie de ce côté. Reste la piste du bouquin et celle des perles... Elles ne sont pas revenues dans le cercueil d'Agnès.

– Il serait temps de passer à table, conclut Angéla. Olivier tu es un as, je suis fière de toi, parole !

Olivier, rasséréné, dévora comme un ogre, Magnan aussi. A leur troisième assiette, ils se regardèrent, satisfaits l'un de l'autre.

– Si on en reprenait encore un peu, mon petit Olivier ? Il faut faire honneur au magnifique talent d'Angéla.

– D'accord, commissaire, Angéla est un cordon bleu.

– Appelez-moi David, voyons.

– Oh ! je n'oserais pas.

– Je vous en prie, Olivier, ça me rajeunit et je suis si content d'être avec vous deux.

La soirée se déroula gaiement, avec un Magnan drôle, débordant d'anecdotes humoristiques sur son métier, sa manière de le mener. « Un type épatant ! » pensa Olivier. Cependant, quand le commissaire fut parti, il ne put s'empêcher de demander à Angéla :

– Quand tu m'as parlé d'un petit rond amusant, c'est à Magnan que tu pensais ?

– Ma foi, avec vingt ans de moins... Il a du charme, avoue ! Espèce d'idiot, garde ta jalousie mal placée, lorsque je trouverai l'homme de ma vie, je te préviendrai.

SÉANCE MORTELLE 8

Suzanne Gaulier quitta les studios à dix-huit heures trente. Maquilleuse de son métier, il lui arrivait souvent d'exercer son activité en extérieur. Elle aimait bien les déplacements mais le travail en studio était tout de même plus tranquille. Ses flacons, ses pots, ses boîtes à fard rangés dans un ordre immuable, elle pouvait faire un maquillage ou une retouche entre deux prises de vues en toute quiétude. Il bruinait sur Courbevoie ce soir-là. Suzanne ouvrit son parapluie pour gagner l'arrêt d'autobus. Quelques personnes attendaient déjà, auxquelles Suzanne ne prêta aucune attention. Les morts violentes de Frédéric Delanion et de la petite Balizon la troublaient. C'était elle qui avait maquillé les acteurs de *Lucifer le dimanche* et farder le diable n'était pas un mince travail. Claire, par contre, n'apportait aucun problème particulier, il suffisait de renforcer la clarté de son teint, d'agrandir ses yeux, d'accentuer le relief de sa bouche ronde. Suzanne Gaulier repensait à ces visages, ses mains se rappelaient le front, les paupières, les joues des acteurs défunts, le nez osseux, les lèvres fines de Frédéric Delanion, le modelé enfantin des traits de Claire. Une brave petite, au fond, à part cette lamentable histoire où elle s'était montrée plutôt rosse... Suzanne portait une part de responsabilité là-dedans, elle l'admettait, mais elle n'avait pas eu le choix : elle avait dû parler, ou accepter de se voir soupçonner du vol du collier. « Enfin, pas plus Claire que monsieur Delanion ne méritaient cela », pensa Suzanne en grimpant dans le bus qui venait de s'arrêter. Une femme enveloppée d'un imperméable noir se faufila derrière elle. Suzanne Gaulier aperçut au fond du bus deux sièges vides en vis-à-vis, elle alla s'asseoir. La femme en imperméable noir prit place en face, sortit un livre de son sac et se mit à lire. Suzanne ne voyait que son capuchon baissé, des doigts blancs et déliés tournant les pages avec la régularité d'un métronome. Elle regarda par la fenêtre, mais la buée dissimulait l'extérieur. Le bus roulait, s'arrêtait, repartait.

La femme en imperméable rangea son livre. Ce mouvement attira l'attention de Suzanne. D'un geste rapide, la voyageuse détacha son capuchon, pencha la tête en arrière, libérant ses longs cheveux blonds et révélant un visage juvénile. Elle fixait Suzanne avec un sourire étroit, sans gaieté ni chaleur. Suzanne sursauta, écarquilla de gros yeux affolés.

– Mon Dieu, mon Dieu ! balbutia-t-elle.
Elle se dressa d'un bond.

- A bientôt, chuchota la jeune fille blonde en imperméable noir.

Suzanne se précipita sur le bouton d'appel afin que le conducteur stoppât au premier arrêt. A son grand soulagement, les portes ne tardèrent pas à s'ouvrir. Elle sauta sur le trottoir et partit en courant, droit devant elle. Le bus la dépassa, elle vit un mouchoir essuyer la buée d'une vitre et le sourire inquiétant, le regard glacé lui apparurent une dernière fois tandis que le véhicule s'éloignait. Tremblant de tout son corps, une gifle de pluie lui fit comprendre qu'elle avait oublié son parapluie près du siège. Suzanne marcha dans le mauvais temps, hagarde. Au premier café rencontré, elle s'installa devant un chocolat brûlant.

- C'est impossible voyons, c'est impossible ! Les revenants n'existent pas.

Le lendemain, après une brève pause café, Suzanne Gaulier regagna sa cabine de maquillage. Depuis la porte, elle vit que quelqu'un attendait déjà, assis sur l'un des fauteuils. Elle avança et le miroir lui renvoya l'image affolante dont elle avait rêvé toute la nuit. La jeune fille, ses cheveux blonds épars, le regard de glace, la dévisageait avec un sourire figé comme une grimace. Suzanne se sauva en hurlant. La jeune fille achevait de remettre son imperméable quand un régisseur survint.

- Qu'est-ce qui se passe ici ?
- Je ne sais pas, répondit-elle. Je venais voir madame Gaulier pour lui rendre le parapluie

qu'elle a oublié chez moi et elle est partie en criant, on aurait dit qu'elle avait le diable aux trousses.

Le 15 octobre, jour de la sortie de *Lucifer le dimanche*, arriva. Olivier obtint de son rédacteur en chef une carte d'invitation pour Angéla. Celle-ci vida sa garde-robe sur le lit avant de fixer son choix sur une longue robe blanche moulante, largement décolletée, qui mettait en valeur sa silhouette et sa peau ambrée. Ses cheveux noirs coiffés en chignon, elle s'écria :
– Je te plais Olivier ?
– Tu es belle comme Nefertiti ! Dépêche-toi, ou nous serons en retard.

La grande salle de l'*Orion-cinéma* des Champs-Elysées grouillait de célébrités. Le gratin de la capitale était là, des banquiers aux hommes politiques, en passant par le gros des troupes du « Tout Paris » : gens du monde, artistes, personnalités en vue... Il ne restait que les strapontins et les deux ou trois derniers rangs de fauteuils à la disposition des journalistes spécialisés et de quelques individus échoués là par obligation professionnelle, comme le commissaire Magnan, flanqué de l'un de ses adjoints.

Les yeux bruns en amande d'Angéla scintillaient de plaisir. Cramponnée au bras d'Olivier, elle souriait, radieuse. Faute de dénicher une meilleure place, ils s'assirent en compagnie d'un confrère d'Olivier, sur une sorte de marche, au fond de la salle. A un moment, le commissaire se retourna et les aperçut. Son visage s'illumina d'un large sourire, il leur adressa un signe de la main, avant de chuchoter à l'oreille de son collaborateur. L'homme abandonna son siège et rejoignit les jeunes gens.

– Mademoiselle, il y a un fauteuil de libre près du commissaire Magnan. Il vous propose de lui tenir compagnie...

– Mais c'est le vôtre! protesta Angéla.

– Je vous l'offre de tout cœur, assura le policier sans conviction.

– Tu permets, Olivier?

– Mais oui! Et surtout remercie bien David de ma part, bougonna le journaliste d'un ton revêche.

Angéla s'éloigna, le policier prit sa place en soupirant. Au milieu d'un silence pesant, Henri Viot se mit à parler, debout au pied de l'écran. Pâle et frêle, mal à l'aise dans un rôle ingrat, il rappela que cette soirée exceptionnelle avait été organisée en raison des drames qui endeuillaient la sortie de son film, pour rendre hommage aux trois victimes. En quelques phrases prononcées d'une voix tendue, le réalisateur fit l'éloge ému de son producteur et de ses vedettes. Puis il demanda au public d'oublier, deux heures durant, que le film sortait marqué par une actualité tragique, comme l'auraient souhaité eux-mêmes Claire, Frédéric et Patrice...

– Le spectacle continue, conclut-il.

La salle fut aussitôt plongée dans le noir, coupant court à toute démonstration de l'auditoire.

– Regarder ça comme un film ordinaire? Il en

demande beaucoup, murmura Olivier à l'oreille de son confrère.

Une image rouge emplit l'écran, où l'on devine l'animation d'une rue au début du siècle : fiacres, véhicules attelés de chevaux et rares automobiles... Puis graduellement apparaissent des couleurs plus naturelles et on découvre enfin Claire Balizon en petite fleuriste, auprès de sa charrette à bras. Un jeune homme approche (Frédéric Delanion, avec un mince collier de barbe blonde), choisit un bouquet de pivoines rouges, paye et tend les fleurs à la marchande.

– C'est pour vous.
– Pour moi ? s'exclame la fleuriste.
– Pour vous.

Elle éclate d'un rire enfantin, attendrissante, prend le bouquet et demande :

– Pourquoi ?
– Je veux vous épouser.

Nouvel éclat de rire de la fleuriste, qui se pique au jeu :

– Quand ?
– Tout de suite.

Après ce prologue en forme de conte de fées, on retrouve le couple marié un an plus tard, en Malaisie, où le jeune homme possède une plantation de caoutchouc. Et là, dans une atmosphère étrange, environnée de personnages fantasques ou hostiles : la mère du mari (une vieille Chinoise superstitieuse), un régisseur ombrageux (Max Mangin), des domestiques farouches... la petite fleuriste s'aperçoit peu à peu qu'elle a épousé un drôle de bonhomme.

Fringant et détendu en début de semaine, ce dernier devient sombre à mesure que le dimanche approche. Ce jour-là, il se lève d'une humeur affreuse, se met en colère à la moindre contrariété et plonge la maisonnée dans la frayeur. Visage dur, regard vert impitoyable, il va et vient sans repos, cherche querelle à tout le monde. Rien ni personne ne semble pouvoir le calmer. Il finit par disparaître, comme s'il lui fallait absolument trouver ailleurs quelque motif de donner libre cours à sa rage. Son épouse le suit à plusieurs reprises et découvre que d'inexplicables malheurs surviennent où il va : volaille plumée vive par une tornade, hévéas dont les incisions saignent au lieu de fournir du latex, paysans frappés de démence qui se mettent d'un coup à arracher les plants de riz, pluies de serpents affreux...

Un jour, en pleine ville où se déroule une fête religieuse, la jeune femme assiste à une scène effarante. Des touristes européens, des Malais, des Chinois, se pressent en foule bigarrée sur le passage d'un cortège. Le mari irrité essaye de s'ouvrir un chemin à coups de coudes et, brusquement, il paraît y renoncer. Il s'adosse au mur d'un immeuble, lève les yeux vers les toits où il voit quelque chose qui le fait sourire pour la première fois de la journée. Noyée dans la foule à quelques pas de lui à peine, la jeune femme l'observe. Elle regarde en l'air à son tour, aperçoit une citerne cylindrique de métal, supportée par un échafaudage de poutres au-dessus du dernier étage d'une maison. Et soudain, les tôles du réservoir se mettent à vibrer, à se déformer sous l'effet d'une pression irrésistible. La jeune femme frémit, regarde son mari, dont le visage exprime une intense concentration. Horrifiée, elle porte une main à la bouche, se mord les doigts, cependant que là-haut, le ventre de la citerne fissurée laisse échapper un mince jet d'eau sale. En quelques secondes, la brèche s'agrandit et une cataracte se déverse sur la foule, provoquant une folle panique.

Tandis qu'à l'écran l'ex-petite fleuriste comprend qu'elle a épousé le diable et prend la fuite par le premier bateau en partance pour l'Europe, dans la salle, quelques spectateurs filaient discrètement vers la sortie. A la gauche d'Olivier, son confrère riait aux larmes depuis le début du film, ou presque ; il s'essuyait les yeux après chaque nouveau gag et soupirait :

– Ça fait du bien, punaise !

A sa droite, le policier dormait, le menton sur la poitrine. Olivier ne riait ni ne dormait, des lueurs intermittentes éclaboussaient son visage studieux, tendu par l'effort qu'il faisait pour suivre le flot des images d'un regard neutre. Si Delanion, Balizon et Moulin étaient morts à cause de ce film, la clef de l'énigme s'y trouvait forcément, il fallait se tenir prêt à la saisir au vol.

De retour en France, après un court répit,

l'héroïne bascule dans un univers de plus en plus fantastique. Son époux, accompagné du sinistre régisseur, l'a retrouvée et s'acharne à lui rendre la vie impossible. Elle veut obtenir le divorce et s'efforce de trouver un avocat, mais des obstacles cauchemardesques l'empêchent de mener à bien son projet : les marches d'escalier qui mènent au bureau de l'un se multiplient sous ses pas, sans qu'elle puisse atteindre la porte, ou bien, enfin parvenue en présence d'un autre, elle se met tout à coup à parler en chantant, incapable de maîtriser sa voix ! La nuit, les objets s'animent autour d'elle et mènent de furieuses sarabandes, au matin elle trouve ses vêtements réduits en cendres au pied du lit. Un jour, un buisson de roses surgit sous ses draps, le lendemain des feux follets l'escortent jusque dans la rue...

Près d'Olivier, une montre électronique fit « bipbip ! ». Le policier s'éveilla en sursaut.

– Excusez-moi, chuchota-t-il en se levant.

Et il quitta la salle sans un regard pour la pauvre fille persécutée par les étincelles.

Elle se sent devenir folle peu à peu, quand son mari vient la trouver et lui offre la paix, pourvu qu'elle retourne vivre à ses côtés et lui donne un enfant. La jeune femme le repousse avec horreur. Le soir même, poursuivie par le régisseur à la tête d'une bande de diables vêtus de noir et masqués de loups, avec de petites cornes sur le front, elle est cernée dans une rue obscure. L'héroïne se croit déjà perdue quand un jeune séminariste qui passe là met les créatures infernales en fuite.

Dix minutes plus tard, le générique final défilait à l'écran, salué par des applaudissements et pas mal de sifflets, qui cessèrent dès le retour de la lumière.

– Dommage, la fin est ratée, dit le voisin d'Olivier.

– Hein, quoi ? fit ce dernier sans comprendre, comme s'il émergeait du sommeil.

– Oui, le coup du piège... La scène du repas, où la fille et le séminariste font devenir le diable enragé à force de gentillesse et d'innocence jusqu'à ce qu'il explose et se transforme en fumée, c'est pas mal, d'accord, mais ensuite c'est du rabâché : on a déjà vu vingt fois des sorcières ou des diables finir enfermés dans une bouteille. Tu n'es pas de mon avis ?

– Le coup de la bouteille ? Oui, oui, bien sûr !

Effaré, Olivier s'aperçut qu'il venait de voir tout le film sans retenir le moindre fragment d'intrigue.

– Tu viens boire un pot avec moi ?

Olivier regarda la bonne tête réjouie de son confrère. Il le connaissait bien, ils se retrouvaient souvent devant une bière, après la projection d'un film. Il avait de grands yeux clairs enfantins, qui paraissaient toujours émerveillés de ce qu'ils voyaient. Olivier se sentait incapable de bavarder ce soir à propos de gags, que de toute façon il avait à peine remarqués.

– Non, excuse-moi, il faut que j'attende mon amie et puis je voudrais profiter de l'occasion pour parler à Henri Viot.

– Comme tu voudras, à la prochaine...

Le journaliste disparut, absorbé par la foule qui s'écoulait du double escalier monumental du cinéma. Olivier tenta de rester sur place un moment, dans l'espoir qu'Angéla allait le rejoindre, mais il fut irrésistiblement entraîné par le mouvement général et se retrouva bientôt dans le hall, où il se mit à guetter la sortie de son amie. Il vit passer des célébrités et quelques têtes familières, au nombre desquelles Max Mangin, rayonnant comme un pirate après un abordage réussi, au bras d'une jolie rousse, et Roland Sangredosse un peu plus tard. Sangredosse l'aperçut et lui adressa un geste amical de la main, avant de s'éloigner. Enfin, Angéla apparut en haut des escaliers. Olivier nota avec satisfaction que le commissaire Magnan n'était pas avec elle. Angéla se tenait derrière Henri Viot, en conversation avec le ministre de la Culture. Ils dérivaient doucement vers le bas, portés par le flot des gens qui les entouraient. Le réalisateur semblait mal à l'aise, même de loin on pouvait remarquer la sueur qui perlait sur son front pâle et accrochait la lumière des lustres. De temps en temps, il enfilait deux doigts dans le col raide de sa chemise blanche, tirait discrètement dessus pour se donner de l'air. Il prêtait une oreille distraite aux propos du ministre, parlait à peine et avançait les yeux fixés sur le dos de la personne qui le précédait. A deux reprises, il se pencha de côté pour essayer de voir son profil.

C'était une jeune fille blonde, vêtue d'un manteau de lainage blanc. Un sourire gamin vint aux lèvres d'Olivier, qui crut un instant redécouvrir la Catherine Deneuve de ses vingt ans. Deux marches plus haut, la brune Angéla lui envoya un baiser du bout des doigts. Le sourire d'Olivier s'élargit. Quelle belle soirée !

Le groupe parvenait presque au niveau du hall lorsque la blonde se retourna brusquement et fit face au réalisateur, qui se raidit de stupeur, bouche bée, puis esquissa un mouvement de recul, à peu près impossible au milieu de tant de monde. Il y eut un remous, une petite bousculade, quand la jeune fille blonde reprit sa descente et commença à s'ouvrir un passage parmi les gens. Olivier s'aperçut alors qu'elle portait sous son manteau une petite robe bleue décolletée.

– Nom d'un chien, la fille en bleu !

Il tenta de se porter à sa rencontre à travers la foule, mais elle venait d'atteindre le hall et progressait rapidement en direction de la sortie. Olivier la perdit de vue, il se dressa sur la pointe des pieds et la redécouvrit près des portes... Pris d'une inspiration subite, il appela :

– Agnès !

La jeune fille tourna la tête comme si on venait de la mordre, les yeux affolés.

– Il faut que je vous parle ! cria encore Olivier.

Elle se coula à l'extérieur. Quand il réussit à son tour à quitter le cinéma, elle s'était déjà fondue depuis longtemps dans la masse des promeneurs des Champs-Elysées.

Olivier revint se placer aux portes de l'*Orion-cinéma* et attendit la sortie d'Angéla. Pendant quelques minutes, le reflux des invités se prolongea, puis il cessa tout à coup. Il restait pourtant beaucoup de gens à l'intérieur, mais ils faisaient demi-tour et s'agglutinaient au pied de l'un des escaliers.

Olivier réintégra le hall et chercha en vain à repérer Angéla.

– Qu'est-ce qui se passe encore ? bougonna-t-il, vaguement inquiet.

Olivier se mêla à l'attroupement. On ne voyait rien, personne derrière ne savait exactement ce qui l'avait attiré.

– C'est le ministre de la Culture, dit un bonhomme qui arborait un nœud papillon vieux rose à son col de chemise vert pâle.

– Oui et alors ? s'impatienta Olivier.

– Il a loupé une marche, je crois.

– Mais non, c'est Loulou qui vient de se trouver mal ! rectifia un autre.

Finalement, quelqu'un de mieux placé leur lança la bonne information :

– Henri a eu un malaise.

– Henri Malafosse ?

– Non, Henri Viot, voyons !

Autour d'Olivier, chacun se récria qu'il n'était pas étonné : depuis la fin de la projection, ce pauvre Henri affichait une mine épouvantable.

– Ça devait arriver, reprit l'homme au nœud papillon vieux rose.
– Pourquoi ? demanda Olivier.
– Quand un type hypersensible comme lui se rend compte qu'il a tourné un navet, il flippe, expliqua le bonhomme avec un air faussement compatissant.

Il ramena sur son nœud papillon les pans d'une cape de velours noir et partit d'un pas tranquille. Au même moment, un murmure affligé répandit la nouvelle :
– Henri Viot est mort...

Le ministre de la Culture était parti. Des principaux témoins du drame, il ne restait qu'une poignée de personnes lorsque les agents de ville emportèrent la dépouille du réalisateur. Le commissaire Magnan s'entretint un moment avec le médecin légiste, puis il vint s'asseoir près d'Olivier, sur une marche d'escalier.
– Où est Angéla ? questionna le commissaire.
– Je l'ai renvoyée chez elle en taxi.
– Vous avez bien fait, ce n'était pas un spectacle pour elle.
– Et Viot ?
– Empoisonnement, laissa tomber le commissaire.
– D'origine criminelle, je suppose ?
– Ça ne fait guère de doute, bien qu'il soit trop tôt pour l'affirmer. Il y avait la perle de jade

habituelle dans une de ses poches et le médecin légiste a trouvé une trace de piqûre sur son dos... L'assassin a sans doute profité de l'obscurité de la salle pour agir, peut-être au début de la projection, quand Viot a regagné sa place après son discours, ou alors vers la fin...

– Pourquoi ne lui aurait-on pas injecté le poison dans la cohue de la sortie ?

– Tous les témoins affirment que Viot paraissait déjà mal en point en se levant de son fauteuil. Du reste, je l'avais moi-même remarqué. Oui, je suis resté dans la salle jusqu'au bout, mon garçon, j'ai horreur de me faire bousculer, ce qui m'a permis de voir défiler une bonne partie des invités.

– Avez-vous remarqué la fameuse fille en bleu ?

– Non, vous l'avez vue, vous ? Parlez-moi d'elle, qu'a-t-elle fait ?

Olivier raconta au commissaire la scène qui s'était déroulée sous ses yeux et sa vaine tentative d'intercepter la mystérieuse jeune fille.

– Qu'est-ce qui vous a pris de l'appeler Agnès ? demanda Magnan lorsqu'il eut terminé son récit.

– Je ne sais pas exactement... la réaction de Viot en la découvrant devant lui, peut-être. On aurait dit qu'il voyait un fantôme, et puis voilà plusieurs jours que je ne cesse de penser à cette Agnès. Je ne peux m'empêcher de trouver qu'elle ferait une coupable parfaite. Qui n'aurait eu envie de se venger à sa place ?

– Curieuse façon de raisonner, mon garçon : de quoi se serait-elle vengée, si elle était vivante ?

– De l'humiliation que les autres lui ont fait subir, par exemple.

– La plupart des gens finissent par oublier les humiliations.

– De toute façon, Agnès est morte et enterrée...

Magnan eut un petit sourire moqueur.

– Vous n'y croyez pas ? reprit Olivier.

– Oh, mais si ! Mes hommes ont enquêté sur cet accident de tournage, il est bien réel. Je dois recevoir d'un jour à l'autre les documents officiels : certificat de décès etc.

– Alors, je ne comprends plus !

– C'est pourtant simple : si Agnès est bien morte, la vengeance devient un mobile parfait, comme vous le disiez vous-même. Quelqu'un veut venger Agnès et envoie aux futures victimes un livre plein d'histoires de revenants, puis se fait passer pour elle au moment de frapper...

– Vous pensez à qui ?

– Je pense qu'il est temps de mettre la main sur cette fille insaisissable, avant que la liste des morts ne s'allonge.

UNE BLONDE DÉMASQUÉE

Ce fut le concierge qui découvrit Suzanne Gaulier.

– Une vision de cauchemar, dit-il par la suite aux policiers.

La maquilleuse n'avait pas quitté son domicile depuis quarante-huit heures, ce qui correspondait mal à son rythme de travail. Le concierge, habitué à ses allées et venues régulières, pensa qu'un rhume la retenait au lit, sans plus. Puis il reçut un coup de fil des studios Galaxie où l'on s'étonnait de ne pouvoir la joindre. Le concierge décida de monter les trois étages, afin de prendre de ses nouvelles. Il sonna longuement à la porte, attendit, puis ouvrit à l'aide de son passe. Un silence profond régnait dans l'appartement. Personne à la cuisine et personne non plus dans la petite pièce de séjour au téléviseur éteint. Il poussa la porte de la chambre aux volets clos, qu'éclairait seulement une lampe posée sur la coiffeuse. Le miroir lui révéla une image qui le fit hurler, alertant les locataires présents dans le petit immeuble.

Un groupe se pressa bientôt derrière le concierge. Ils regardaient tous le miroir, mais aucun n'avait le courage de contourner le fauteuil placé en vis-à-vis, pour voir la réalité du reflet. Enfin, les langues se délièrent.

– Appelez la police, dit le concierge.

– D'ici ? demanda une femme.

– On ne doit rien toucher dans l'appartement d'un crime, intervint un homme. Je vais téléphoner de chez moi.

– Vous avez vu ? Elle est ficelée comme un saucisson et il y a une cordelette autour de son cou, reprit la femme.

– Quelle horrible grimace, pourquoi son visage est-il grimé ? s'étonna une autre voisine.

Un peu plus tard, les policiers du quartier s'ébahirent à leur tour devant la coiffeuse. L'un d'eux se décida enfin à faire le tour du fauteuil pour examiner la femme de face.

– Elle est morte, archimorte, dit-il en lui soulevant légèrement le menton, mais quelle tête de cauchemar !

Les policiers avertirent la brigade criminelle, où on leur recommanda de faire évacuer les lieux avant l'arrivée du commissaire.

David Magnan ne put réprimer lui aussi un sursaut de surprise en découvrant la maquilleuse. Suzanne Gaulier portait une sorte de tiare en papier doré et au-dessus de son front, une ridicule petite natte se dressait, attachée par un fil rouge au bout duquel pendait une perle de jade, que le moindre mouvement imprimé au corps faisait balancer. Il s'écarta d'elle, tandis que les hommes de l'identité judiciaire la photographiaient sous tous les angles et se mettaient à la chasse aux empreintes à travers le logement. Le commissaire hocha la tête en trouvant sur la table de chevet l'inévitable livre à couverture rouge et noire, *Régions interdites*. Lorsqu'il le feuilleta, l'ouvrage s'ouvrit spontanément au chapitre traitant des « morts-vivants » : visiblement, Suzanne Gaulier l'avait lu et relu sans se lasser, au cours des derniers jours.

« Comment peut-on avaler ces balivernes ! » se dit-il en reposant le bouquin avec dégoût.

Lorsque le médecin légiste eut examiné à son tour la défunte, le cadavre fut enlevé et Magnan retourna à son bureau du Quai des Orfèvres. Son premier soin fut d'appeler un de ses adjoints.

– Dites-moi Reboul, où en êtes-vous avec la fille en bleu ? demanda-t-il dès que celui-ci se présenta, une chemise cartonnée sous le bras.

– Ma foi, rien de nouveau pour le moment, patron. Par contre, je vous ai apporté les résultats de l'enquête auprès de l'éditeur du bouquin. De ce côté, il y a de l'espoir, voyez...

Reboul sortit de son dossier une feuille de papier qu'il remit au commissaire. Elle comportait une longue liste d'adresses, des dates et des colonnes de chiffres. Magnan la parcourut, puis regarda son adjoint avec satisfaction.

– Merci mon garçon, je vais m'en occuper... Et pour Agnès Langlade ?

– Tout est dans le dossier, patron, mais comme je vous le disais ce matin, les parents sont décédés depuis quatre ans. Ce ne sera pas facile de dénicher la sœur ! Nous essayons de retrouver des amies d'enfance. Le porte à porte, la routine... Vous imaginez le plaisir ?

– Je vois, mais nous en aurons bientôt terminé. La solution se trouve ici...

Magnan frappa de l'index la feuille de papier posée devant lui.

– Excusez-moi patron, je ne vous suis pas, dit Reboul.

– C'est facile : à mon avis, l'expéditeur des bouquins, la fille en bleu, la sœur d'Agnès sont la même personne et nous n'allons pas tarder à mettre la main sur elle.

– Dans ce cas, on résoudra du même coup l'affaire des cinq crimes, patron.

– En effet, Reboul, en effet.

Demeuré seul, le commissaire médita quelques minutes. Soudain, un sourire espiègle vint à ses lèvres. Il décrocha le téléphone, forma le numéro de *la Tribune de Paris* et demanda à la standardiste de lui passer le service culturel.

– Olivier ? Ici David Magnan...

– Salut commissaire, c'est sympa de m'appeler.

– Nous ne nous sommes pas vus depuis cette tragique séance de cinéma et je me disais que vous aimeriez connaître les conclusions du labo sur la mort d'Henri Viot... Il a été piqué au début de la projection, donc pendant qu'il regagnait sa place dans le noir, avec une aiguille empoisonnée à l'upas.

– Qu'est-ce que c'est, ce truc ?

– Une substance de la famille du curare, d'origine malaise.

– Décidément, on en revient toujours là !

– Et oui ! D'autant que j'ai encore du nouveau mon garçon. Aviez-vous l'intention de rencontrer Suzanne Gaulier ces jours-ci ?

– Oui, mais je ne parviens pas à la joindre.

– Et pour cause ! La maquilleuse s'est fait maquiller.

– Que voulez-vous dire ?

– On l'a trouvée devant sa coiffeuse, liée au fauteuil et tout bêtement étranglée par une cordelette, mais la curiosité du jour, c'est que l'assassin l'a grimée en marionnette indonésienne. Vous savez, ces personnages de cuir peint qui servent au théâtre d'ombres... Elle avait le visage rouge ponceau, avec de grands traits noirs autour des yeux, une bouche écarlate en demi-lune et un nez démesuré de pâte à modeler, sans oublier l'habituelle perle de jade attachée à ses cheveux. La pauvre femme était horrible et grotesque.

– Fichtre ! Je suis content de ne pas l'avoir vue.

– Je vous montrerai les photos, mon garçon.

– Vous êtes très aimable, David, cependant je ne suis pas certain d'y tenir.

— Voyons, comment feriez-vous un compte rendu de l'affaire, si vous omettez Suzanne Gaulier ? Il faut l'avoir vue pour y croire.

— Merci du renseignement, dit Olivier d'une voix qui se voulait ferme, vous êtes chic avec moi.

— C'est naturel mon garçon, passez me voir quand vous voudrez... En début d'après-midi, par exemple ?

Sa curiosité piquée, le journaliste se rendit à l'invitation de Magnan. Il resta un moment effaré devant les clichés. Impossible d'imaginer le visage naturel de Suzanne Gaulier sous le grimage. On eût dit un masque de cuir photographié dans une vitrine d'antiquaire. Il fut presque soulagé de cette facétie macabre. Olivier posa les photos et, à son grand étonnement, remarqua alors *Régions interdites*, en bonne place sur le bureau du commissaire.

— Vous vous mettez aussi aux revenants, David ? dit-il en désignant le livre.

— Ainsi que vous l'avez constaté vous-même, on le retrouve dans tous les crimes avec les perles, il faut bien le prendre en considération ! En fait, il représente notre piste la plus fiable, comme vous allez le voir. C'est surtout pour ça que je vous ai proposé de venir...

— Je me doutais bien que vous aviez une idée derrière la tête !

— Mes inspecteurs ont enquêté auprès de l'éditeur. Il n'en a pas vendu des masses. Quelques libraires ont écoulé un exemplaire par-ci par-là et les autres ont retourné les leurs. Il y en a un pourtant qui a passé commande d'une dizaine de volumes et apparemment, il les a vendus. Il s'agit d'une petite librairie de l'avenue des Plantes, voulez-vous m'y accompagner ?

– Et comment !

La boutique était tenue par une dame d'un certain âge, aux cheveux striés d'argent, mais dont les yeux clairs semblaient très jeunes. Elle avait une silhouette agréable, parlait posément et maniait les livres avec amour. Magnan lui montra *Régions interdites*.

– Le connaissez-vous ?

– Oh ! ce genre d'ouvrage n'entre pas dans mes goûts personnels et je ne l'ai plus en rayon, mais il m'est arrivé d'en commander quelques-uns pour satisfaire un client.

– Vous voulez dire qu'un seul client vous a acheté plusieurs exemplaires ? Comme c'est bizarre !

– Oui, il y a des farfelus partout. En l'occurrence, c'est plutôt une farfelue, si le détail vous amuse.

– J'aimerais connaître son nom, dit Magnan.

– Là monsieur, c'est hors de question, ce serait indélicat.

Magnan sortit sa carte de police, la présenta à la libraire.

– Il s'agit d'une enquête criminelle, madame, ayez l'obligeance de me répondre.

– C'est que je ne la connais pas personnellement... Attendez, j'ai peut-être encore son chèque !

La dame ouvrit un tiroir fermé à clef, souleva des factures, une pile de chèques, qu'elle passa en revue un à un, en comparant leur montant à sa feuille de commandes.

– Voilà ! dit-elle enfin.

Elle tendit le chèque à Magnan, qui lut :

– Béatrice Langlade, 102 rue Raymond Losserand.

– C'est une jeune fille blonde assez jolie, n'est-ce pas ? demanda Olivier, pour se donner un peu d'importance, car il était resté silencieux jusque-là.

– Oui, de très beaux cheveux blonds à la Lana Turner, acquiesça la femme.

Ils prirent congé de la libraire. Aussitôt dehors, Magnan dit avec un sourire amusé :

– Tous ceux qui l'ont vue conviennent qu'elle est blonde avec une robe bleue, mais en revanche, chacun lui donne la physionomie de sa vedette préférée... Je suis vraiment curieux de la rencontrer.

– On y va, commissaire ?

– Tout de suite, c'est à côté.

Elle avait un front bombé, des yeux pervenche étonnés, un visage long et mince aux lèvres fines, très dessinées. Une coulée de cheveux d'or lui tombait à mi-dos. De près, elle ne ressemblait à aucune des stars dont on avait auréolé sa personne. C'était simplement une jolie fille.

– Mademoiselle Langlade ?
– C'est moi.

Magnan montra sa carte.

– Brigade criminelle, mademoiselle, j'aimerais vous poser quelques questions...

Elle était devenue très pâle, ses yeux affolés se creusaient, entourés de cernes mauves.

– Entrez...

Elle les introduisit dans une pièce de séjour minuscule, meublée pour l'essentiel d'un canapé, d'une table de marbre roux entourée de trois chaises, ainsi que d'un petit meuble à étagères chargé de livres, de bibelots, d'une chaîne stéréo et d'un téléphone. Après un coup d'œil alentour, Olivier, un peu gêné d'être là, fit mine de se retirer dans l'entrée.

– Je ne vois pas d'inconvénient à ce que vous assistiez à cette conversation, Olivier, dit Magnan. Mademoiselle Langlade n'est pas encore inculpée.

– Merci, commissaire.

Le journaliste s'adossa au mur, bras croisés, la gorge serrée. Malgré toutes les évidences, il ne pouvait s'empêcher de plaindre la jeune fille.

– Que voulez-vous savoir ? demanda Béatrice Langlade d'une voix étranglée.

– Où avez-vous passé la nuit du 16 au 17 octobre ?

Elle réfléchit un instant, puis répondit :

– Ici.
– Quelqu'un pourrait-il le confirmer ?
– Non, personne.

– Le 16 en fin d'après-midi, une jeune fille qui correspond à votre signalement a demandé au concierge du 24 rue du Poteau à quel étage demeurait une certaine Suzanne Gaulier...

– Ce n'est pas moi ! coupa précipitamment Béatrice, de plus en plus pâle.

– Vous serez sans doute confrontée au concierge, vous savez ?

Elle haussa les épaules.

– Bon ! Qu'avez-vous fait le soir du 15 ?

– Jeudi dernier ? J'ai été au cinéma.

Elle avait répondu très vite ; trop vite sans doute, car elle se mordit les lèvres, comme si elle le regrettait.

– Vous étiez à la soirée d'hommages de *Lucifer le dimanche*, n'est-ce pas ?

– En effet.

– Comment êtes-vous entrée ? Avec un carton d'invitation ?

– J'ai une amie ouvreuse à *l'Orion-cinéma*, elle m'a laissée passer.

– Pourquoi n'êtes-vous pas allée dans une salle normale ?

– J'avais envie de voir des vedettes de près.

– Connaissiez-vous Henri Viot ?

– L'homme qui est mort à la fin de la séance ? Pas du tout.

Elle avait croisé les bras et dissimulait ses mains sous les aisselles, mais Olivier voyait trembler ses épaules.

« Je me demande où j'ai déjà vu ce visage, pensait-il. L'autre soir, à *l'Orion-cinéma*, je n'ai guère eu le temps de la distinguer vraiment et pourtant, il me semble presque familier. C'était de face, comme maintenant.... »

– Admettons ça pour le moment, poursuivit le commissaire. Où êtes-vous née ?

– A Asnières.

– Quelle date ?

– Vingt juillet mille-neuf-cent-soixante-six.

David Magnan sortit un calepin de sa poche et le consulta.

– C'est bien cela, dit-il, vous êtes née le même jour que votre sœur Agnès.

Béatrice eut un sursaut de tout le corps, elle murmura :

– Ah ! vous savez ça ! Nous étions jumelles...

– De vraies jumelles, je suppose ?

– Oui, identiques. Des cheveux aux orteils, rien ne nous différenciait. Quand l'une souffrait, l'autre avait mal. Même à distance, nous nous sentions toutes deux comme un même corps.

– Vous vous entendiez bien ?

– Nous étions liées d'une façon que vous ne pouvez imaginer. Pourtant, si un garçon me plaisait, elle se précipitait pour me le prendre. Parfois, elle me disait que je n'étais rien d'autre que son reflet. Elle savait me faire mal, mais elle me consolait mieux que personne. Quand elle a eu cet accident de tournage, je me suis sentie mourir. J'avais l'impression horrible qu'une partie de moi venait d'être arrachée et curieusement, j'éprouvais un sentiment de délivrance... Une sensation bizarre de force qui s'épanouit.

– Je pense que vous n'ignorez rien des circonstances dans lesquelles Agnès a disparu ?

Béatrice détourna les yeux sans répondre, fuyant le regard du commissaire.

– Le producteur de *Lucifer le dimanche*, le réalisateur, deux comédiens, la maquilleuse ont été assassinés en quinze jours. Chaque fois, vous avez été aperçue sur le lieu des crimes peu de temps auparavant, ou bien votre présence y a été fortement pressentie... Pour couronner le tout, il me semble établi que vous avez expédié à chacune des victimes ce livre bizarre, que j'aperçois là dans votre bibliothèque.

D'un geste du menton, Magnan désigna une étagère où figurait un exemplaire de *Régions interdites*. Elle soupira et avoua avec lassitude :

– Ça faisait partie de mon plan pour venger ma sœur : je leur envoyais d'abord ce bouquin qui suggère l'existence des revenants, afin de les mettre en condition. Ensuite, je me montrais à eux habillée comme Agnès, ils croyaient la voir ressuscitée. Je voulais les terroriser, faire de leur vie un cauchemar, mais je n'ai tué personne, je le jure !

– Et les perles de jade, elles entraient aussi dans votre plan ?

– Quelles perles ? Je ne comprends pas !

– Vous comprendrez certainement mieux quand nous perquisitionnerons officiellement chez vous et si on découvre alors le collier de jade, votre situation deviendra franchement critique. Vous feriez bien de me le remettre spontanément, la justice en tiendra compte.

– Vous parlez du collier que la Balizon accusait Agnès de lui avoir volé ?

– Mais oui !

Béatrice secoua la tête d'un air égaré.

– L'habilleuse m'a raconté cette histoire quand elle m'a écrit après l'accident, mais je n'ai pas de collier.

– D'où viennent alors les perles que vous avez déposées auprès de chaque victime ?

– Je n'ai jamais vu vos perles, vous allez me rendre folle avec vos accusations ! Puisque je vous jure que je n'ai tué personne !

Magnan soupira.

– Bien, mademoiselle Langlade, vous allez nous suivre, j'ai décidément beaucoup d'autres questions à vous poser. Si vous désirez prendre quelques affaires de toilette, l'entretien risque de se prolonger...

Béatrice essuya une larme puis elle obtempéra en silence, avec une célérité qui ressemblait à de la précipitation. Tandis qu'elle se préparait, Magnan téléphona au commissariat du quartier et demanda une voiture avec deux hommes. Il avait à peine raccroché que Béatrice revenait.

– Voilà...

Elle avait enfilé une veste de lainage noir, de la même couleur que sa jupe de velours et un manteau blanc par-dessus. Elle portait un sac de toile en bandoulière.

– Allons-y, dit le commissaire.

Dans la rue, ils attendirent quelques minutes l'arrivée du véhicule de police. Magnan tenait Béatrice par le bras, il avait l'air d'un père enjoué, qui guette un taxi avec sa fille. Enfin, une voiture noire banalisée s'arrêta à leur niveau et deux inspecteurs en descendirent. Le commissaire fit monter la jeune fille à l'arrière, puis il expliqua la situation aux inspecteurs. Olivier, qui se tenait près de la portière ouverte, entendit Béatrice pleurer. Il se pencha à l'intérieur et la vit tête basse, toute noyée dans ses cheveux. Il lui saisit une main.

– Allons, courage ! Si vous êtes innocente, la vérité éclatera tôt ou tard.

Comme elle demeurait dans la même position, il tapota sa main d'un geste amical et remarqua qu'elle portait un bracelet d'or, une bande plate d'environ un centimètre de large, qu'il fit tourner entre ses doigts. Un frisson parcourut son dos lorsqu'il reconnut brusquement la fermeture : une sorte de tête de clou bombée gravée d'une étoile et passée à travers un trou du bracelet. Même taille, même forme que le fragment d'or repêché dans le lac, chez Delanion !

- Nom d'une pipe, ce bracelet ! s'exclama-t-il à mi-voix.

Elle releva le front et le regarda étonnée.

- Vous l'avez fait réparer dernièrement ? demanda Olivier d'un ton pressant.

- Vous êtes policier vous aussi ?

- Journaliste... Alors ce bracelet, vous l'avez cassé ? Répondez-moi, c'est important.

- Il ne m'a jamais quitté ; Agnès portait le même, nos parents nous les avaient offerts.

- Ah ! Est-ce que vous savez si votre sœur possédait toujours le sien au moment de son accident ?

- Je l'ignore, je suppose que oui.

- Alors n'y pensez plus, je me suis trompé, dit Olivier en tortillant sa moustache.

- Est-ce que j'ai l'air d'une meurtrière ? demanda Béatrice avec des sanglots dans la voix.

- Les assassins les plus fous ressemblent à monsieur tout le monde, fit Magnan en écartant Olivier.

Il s'installa près d'elle, tandis qu'un inspecteur montait de l'autre côté.

- A bientôt mon garçon !

- Vous l'arrêtez vraiment, commissaire ?

-. Que puis-je faire d'autre ? Le juge d'instruction décidera de son sort.

- Attendez...

Olivier cherchait désespérément à retarder le processus inévitable et puis l'illumination jaillit :

– Commissaire, il y a quand même une chose qui cloche.
– Laquelle ?
– Béatrice ne pouvait être au courant des petites manies de Frédéric Delanion. Vous voyez ce que je veux dire, l'agenda...
David Magnan le coupa brusquement :
– Suffit, Olivier ! Laissez-moi le soin d'apprécier l'importance de ce genre de détail.
Les portières claquèrent, la voiture démarra, s'éloigna du trottoir. Olivier eut le temps d'apercevoir le regard plein de détresse de Béatrice Langlade, braqué sur lui à travers la vitre arrière et, troublé, il se demanda encore où il avait déjà vu ce visage.

10
LES RISQUES DE L'IMPROVISATION

Béatrice Langlade couchait en prison depuis deux jours, inculpée de meurtres multiples. Olivier quitta la salle du *Phénix* les yeux rouges, la tête vague. Il bâilla, regarda les réverbères de la rue s'allumer presque simultanément, puis alla s'offrir un hot-dog au comptoir du café le plus proche. Il l'avala sans plaisir, mais avec appétit et commanda un croque-monsieur pour continuer. Le croque ne lui parut pas meilleur, aussi reprit-il un hot-dog en guise de dessert.

– Bof! Je me consolerai avec une soupe à l'oignon tout à l'heure! pensa-t-il en revenant vers le *Phénix*.

L'ouvreuse le reconnut, elle eut un petit sourire, mais ne se permit aucune réflexion. De temps en temps, il y a des gens comme ça, qui assistent à trois séances consécutives du même film et qui ne reculent pas devant la quatrième... Après tout, c'est leur droit. Olivier ôta son imperméable, se carra dans son fauteuil et leva ses yeux fatigués vers les images de *Lucifer le dimanche*, qu'il commençait à connaître par cœur. Cette fois, il avait raté le début, on en était déjà aux premiers émois de la petite fleuriste, découvrant les diableries commises par son mari. L'attention d'Olivier était distraite, il ne parvenait plus à s'intéresser autant qu'il l'aurait voulu aux faits et gestes de Claire Balizon et Frédéric Delanion à l'écran. Souvent, son regard se perdait malgré lui dans les détails du décor, ou les évolutions des figurants. Il put ainsi constater que, si Henri Viot savait valoriser ses acteurs et filmer de belles images, il maîtrisait mal la direction des figurants. Dès qu'un plan mettait en scène de nombreuses personnes, Olivier relevait des maladresses : villageois qui regardaient la caméra d'un air idiot, passants qui défilaient comme des militaires à la parade, déambulations injustifiées de domestiques... Les mouvements de foule lui parurent particulièrement mauvais, les gens ne semblaient pas avoir compris ce que le réalisateur attendait d'eux : ici on riait, là-bas on s'agitait avec une fureur révolutionnaire, ailleurs on restait bras ballants, la mine placide... Quand arriva la fameuse scène où l'eau répugnante d'un réservoir se déversait sur des centaines de spectateurs paniqués, Olivier émit une sorte de gloussement et dit à mi-voix :

– Tiens, d'où il sort celui-là ?
– Chut ! fit sa voisine de gauche.
– C'est pas bientôt fini de gigoter, vous avez des puces ou quoi ? fit son voisin de droite.

Mêlé aux figurants, qu'il avait sans doute pour tâche de stimuler, venait d'apparaître quelqu'un de bien connu du journaliste. Le gars levait les bras au ciel, criait et encourageait visiblement les gens qui l'entouraient à l'imiter. Olivier soudain eut un haut le corps, parce qu'il venait de repérer un bijou doré au poignet gauche du bonhomme... La scène avait duré quatre ou cinq secondes à peine et déjà, l'image changeait, on se retrouvait ailleurs, au milieu de la foule, où un pickpocket hilare profitait de la cohue pour détrousser un touriste.

– Le bracelet, c'était le bracelet ! s'exclama Olivier.

– Allez-vous vous taire ? C'est intolérable à la fin ! protesta son voisin.

– Calmez-vous, je m'en vais...

Olivier se leva et quitta sa place à la hâte.

Il était midi le lendemain, quand Olivier rejoignit Angéla au restaurant.

– Ma ! D'où sors-tu, Olivier ?

– Du lit, ma belle, du lit.

Les yeux bouffis, les cheveux en bataille, le cou et le peu de joues nues qui lui restaient, entre les favoris et la moustache, bleuis de barbe, la cravate de travers, il semblait surgi d'une cabine d'ascenseur en panne depuis trois jours.

– Qu'est-ce qu'on prend, j'ai faim, reprit-il en s'asseyant.

Angéla fit l'étonnée.

– Vraiment ? Je propose des rouleaux de printemps pour commencer et ensuite du bœuf aux sept légumes... C'est ce qu'a pris David l'autre jour et il se pourléchait.

– Il mange souvent ici ?

– De temps en temps.

– Il vient pour toi, ou pour la cuisine ?

– Les deux j'espère, roucoula-t-elle avec un sourire taquin.

– Angéla ! s'exclama Olivier indigné.

– Oui, mon ours ?

– Je suis jaloux, je crois que je t'aime.

– Du calme, mon chou, ce n'est qu'un moment de déprime, ça va passer.

– Mais je suis sérieux ! Regarde : pour t'être agréable, je mange des chinoiseries. Elles me plaisent, remarque, mais si ma mère voyait ça, elle crierait que je me prépare un cancer de l'estomac.

– D'autant plus qu'à l'occasion, tu te goinfres d'horreurs italiennes.

Olivier fronça les sourcils, vexé.

– Qui parle d'horreurs ? Ta cuisine est délicieuse. Ce n'est pas une tare si j'ai bon appétit ! Tu sais Angéla, tu es aussi forte que maman dans ton domaine.

– J'apprécie le compliment, dit Angéla en riant derrière sa serviette de table.

– Moque-toi, tu me porteras davantage de considération ce soir, je parie.

– Oh, là, là ! Mon ours devient grave, qu'auras-tu fait d'ici ce soir ?

– J'aurai peut-être confondu l'assassin.

– Je croyais la coupable arrêtée ? Tu as signé toi-même l'article de *la Tribune de Paris*.

– A contrecœur, parce que je ne pouvais agir autrement. Le patron m'encourage à jouer au détective, mais je suis avant tout un journaliste... Je dois rapporter les faits et les faits sont clairs : Béatrice Langlade se trouve impliquée dans cette affaire, elle est inculpée de meurtre. Pourtant, il manque des preuves indiscutables contre cette fille et pour cause !

– Cesse tes sous-entendus, explique-toi, dit Angéla agacée.

– J'ai vu quatre fois *Lucifer le dimanche*, hier après-midi et après la dernière séance, j'ai passé la nuit à visionner image par image une certaine partie du film, avec le projectionniste... Outre Béatrice Langlade, il y a encore deux suspects possibles, mais je crois avoir découvert un élément inattendu, qui accuse l'un d'entre eux. Je dois le retrouver tout à l'heure...

– Qui est-ce ?

– Je préfère garder le secret. Tu comprends, je ne suis encore sûr de rien... Et puis, si je te le disais et que David se pointe, il aurait tôt fait de te tirer les vers du nez. Vois-tu, j'aimerais terminer cette affaire en beauté et conserver mes chances de coiffer Magnan au poteau.

– Alors, tu crois vraiment tenir le criminel ?

– Seuls les présomptueux ont des certitudes, mais la piste semble solide.

– Et tu penses l'arrêter comment ?

– Une fois mes soupçons confirmés, j'improviserai.

– Tu improviseras !

Les yeux d'Angéla lancèrent des éclairs, Olivier se ratatina sur sa chaise, tandis qu'elle poursuivait, furieuse :

– Si tu ne te trompes pas, tu imagines que l'assassin de cinq personnes va docilement s'accuser, puis te suivre comme un mouton jusqu'au commissariat le plus proche ! C'est un nain doublé d'un imbécile, ou quoi ?

– Au contraire, mais j'espère qu'il se dégonflera devant mes arguments. Au besoin, je lui dirai que j'ai laissé mes instructions, au cas où je disparaîtrais.

– Bonne idée, donne-les moi.

– Elles sont dans une lettre que je vais t'envoyer avec toute les explications voulues, tu la recevras demain.

– Ça nous fera une belle jambe, si tu es mort ! Dis-moi tout, ou bien je fais un scandale et le patron appellera un agent.

Olivier se leva précipitamment, embrassa Angéla sur le front en glissant une enveloppe dans la poche du manteau de son amie.

– Mon ange, ce soir j'aimerais du foie à la vénitienne, murmura-t-il.

Et il se sauva avant qu'elle n'ait eu le temps d'ameuter tout le restaurant.

Olivier riait aux anges, ravi, en pensant qu'Angéla, douce ou impétueuse, était une fille formidable. Et par-dessus le marché, elle tenait à lui ! Il prit conscience du regard insistant des gens qui l'entouraient dans le wagon de métro et gêné, il tordit sa moustache d'un air dégagé.

Certes, si ses déductions se vérifiaient, il n'avait pas la prétention d'amener le coupable à la police : seulement d'apporter des preuves irréfutables à Magnan. Le génial détective accule le meurtrier qui, se voyant dévoilé, lui raconte son abominable machination. Pas mal, non ? Il tâta le petit magnétophone dans la poche de son imperméable. Provoquer des aveux, puis ressortir sans dégât de l'appartement, il n'espérait rien d'autre. David Magnan se chargerait du reste...

Olivier eut à peine le temps de sonner deux coups, déjà la porte s'ouvrait.

– Entre mon vieux ! dit l'homme avec un large sourire.

Il lui assena une tape sur l'épaule, le poussa vers la pièce de séjour où régnait toujours le même désordre effarant.

Au-dessus du manteau de la cheminée, la dernière réponse qu'Olivier attendait sautait aux yeux.

– Fais-toi une place sur la banquette, si tu y

arrives. J'ai reçu une flopée de copains, hier soir...
pas eu le temps de ranger. Je te sers une bière ?

– Va pour la bière, répondit Olivier.

L'autre disparut un instant ; tandis qu'il refermait le réfrigérateur, Olivier mit son magnétophone en route.

– Eh bien ! Jojo la poisse, tu accumules les articles sur *Lucifer le dimanche,* ou tu es passé à la rubrique nécrologique ? lança l'homme avec un grand rire, en tendant une bouteille décapsulée au journaliste.

Il balaya d'une main un tas de photos qui débordait d'un vieux fauteuil de cuir au siège défoncé et s'assit en face de son visiteur.

– A la tienne mon vieux. Alors ?

– Alors, j'aimerais savoir pourquoi tu as laissé accuser Agnès Langlade de vol...

Le grand sourire jovial s'effaça net. Il y eut un long silence, puis l'homme dit avec un ricanement :

– Tu as trouvé ça tout seul ?

– Oui et je suis étonné : tu l'aimais pourtant !

– Où as-tu pêché qu'elle était ma petite amie, Jojo le fouineur ?

– Il suffisait de comprendre que cette photo est un portrait d'Agnès...

Sangredosse suivit le regard d'Olivier en direction du poster placé au-dessus de la cheminée, il rougit violemment.

– Voyez-vous ça ! Ma liaison avec Agnès ne regarde que moi.

– Bizarre que personne ne l'ait découverte.

– Agnès ne tenait pas à ce qu'on le sache, c'était trop récent et puis elle aimait les surprises : elle voulait l'annoncer seulement à la fin du tournage. Pauvre môme !

– La dernière fois que je suis venu ici, tu m'as dit que ce poster datait de plusieurs années.

– Un petit mensonge, je l'ai fait tirer après mon retour de Malaisie.

– Revenons au fameux collier... tu l'as volé, n'est-ce pas ?

– C'est toi qui le dis et après ?

– Il me semble que tes moyens te permettaient d'en offrir un à Agnès, si ça lui faisait plaisir.

La jovialité avait disparu de la figure de Sangredosse, comme un rideau tiré devant une vitrine éclairée. Son ton devint rogue, son expression mauvaise.

– J'aurais pu lui en acheter dix, mais j'ai voulu faire suer cette mijaurée de Balizon. Elle avait insulté Agnès.

– Ainsi, tu deviens le premier responsable de sa mort.

L'autre bondit sur ses pieds, menaçant.

– Je t'interdis ! Ce jour-là, je visionnais des plans en studio, mon assistant était resté seul, quand je suis revenu tout était fini... Les responsables, ce sont les autres, ceux qui ont déboussolé ma pauvre Agnès, les salauds que la frangine a supprimés.

– A mon avis, il fallait un esprit plus retors que

celui de Béatrice Langlade pour concocter ces crimes. Béatrice est une jeune fille sans détours, un peu ingénue. La seule arme qu'elle pouvait imaginer dans son désir de venger sa sœur, c'était le lien privilégié qui les unissait. Alors elle s'en est servie. Elle a impressionné, elle a fait peur, elle a terrorisé peut-être, mais ce n'était pas une arme mortelle.

– Et qui a tué, selon toi ?

– Celui qui possédait un collier de jade à égrener sur les cadavres. Tu sais que Béatrice est la jumelle d'Agnès ? Mêmes longs cheveux blonds, mêmes yeux pervenche, front bombé, petit menton décidé...

– Arrête, fumier !

– Tu aurais Béatrice près de toi, tu ne verrais aucune différence avec le portrait. C'est comme si tu faisais condamner Agnès pour la deuxième fois à ta place.

– Qu'est-ce que tu insinues là ?

– Que tu es peut-être l'assassin.

Sangredosse ricana.

– Et comment comptes-tu le prouver ?

– Imagine-toi que depuis longtemps je suspectais Mangin d'être l'auteur des crimes : il faisait partie du voyage en Malaisie, Henri Viot comme Claire Balizon ne l'aimaient guère, il était amer, jaloux de son ancien ami Delanion et connaissait bien sa manie de tout noter dans un agenda. Ce dernier détail me semblait capital, car le meurtrier a subtilisé une page de cet agenda, où son nom devait figurer le jour fatal... Mais en définitive, j'ai eu tort de me laisser impressionner par ça et puis je crains d'avoir surtout soupçonné ce pauvre Max parce qu'il a la gueule de l'emploi!

– D'après ce que tu dis, au lieu de venir me casser les pieds, tu aurais mieux fait de t'intéresser davantage à lui.

– Non, car il n'était pas le seul au courant des habitudes de Frédéric Delanion. Tu pouvais aussi arracher la page.

Sangredosse saisit brusquement Olivier aux épaules et le dressa sur ses pieds, comme s'il s'agissait d'un sac de plumes.

– Pourquoi moi plutôt que Mangin?

– Parce qu'il y a autre chose, dit vaillamment Olivier en tentant de se dégager. Béatrice et Agnès portaient chacune un bracelet d'or, Agnès t'avait offert le sien en Malaisie...

Olivier se tut, inquiet de la pâleur qu'affichait soudain la tête de lion de Sangredosse.

– Continue!

– Hem! Si tu pouvais me lâcher...

– Continue!

– Ce bracelet figure à ton poignet dans un plan de *Lucifer le dimanche*; tu sais, quand tu es mêlé aux figurants pour les diriger... Il était un peu trop petit pour toi, mais on le reconnaît très bien.

– Bon! Agnès m'avait donné son bracelet et alors?

– Alors tu l'as perdu, il me semble?

Sangredosse retrouva le sourire et libéra Olivier.

Il alla jusqu'à une vieille commode poussiéreuse, ouvrit un tiroir, fureta un instant et ramena triomphalement le bracelet au bout de ses doigts.

– Le voilà, mon vieux ! Je ne le porte plus, parce qu'il est cassé... Il était trop petit, comme tu l'as dis toi-même.

– Franchement, je te croyais plus malin, répliqua Olivier. Je te tends un piège et tu plonges dedans ! Tu m'apportes la preuve définitive qui me manquait : tu as cassé le bracelet près du ponton de Frédéric Delanion, la nuit où tu l'as tué. J'ai repêché la fermeture là-bas, elle se trouve entre les mains de la police.

Sangredosse revint en deux pas sur Olivier et le saisit par le col de son imperméable.

– Qu'est-ce que tu viens de dire ?

– Que tu es cuit ! Tu te croyais plus fort que tout le monde, mais ces crimes portent la marque d'un esprit détraqué.

– Détraqué toi-même, imbécile ! J'ai conçu chaque meurtre comme une œuvre d'art. Le diable, le vrai, ce n'est pas dans le film qu'il faut le chercher. A la mort d'Agnès j'ai compris que le démon de la vengeance m'habitait. Delanion pouvait rouler ses yeux verts stupides, Lucifer c'était moi. Tout devenait facile : j'ai programmé la mort de cette bande de nuisibles d'une façon parfaite, même la frangine m'obéissait à la lettre en apparaissant où il le fallait.

– Tu te vantes, vous ne vous connaissiez pas.

– Inutile de la connaître pour l'obliger à agir selon mes désirs. Le diable provoque ce qu'il veut, quand il veut.

– Tu es complètement fou ! s'écria Olivier, avec l'impression de basculer dans un cauchemar.

Il balança un violent coup de pied dans un tibia de Sangredosse, qui s'écarta avec un cri de douleur. Le journaliste bondit vers le couloir de l'entrée, mais il trébucha sur un tabouret et tomba de tout son long.

– Tu ne sortiras pas d'ici vivant, je te le garantis ! promit Sangredosse, qui se tenait le tibia d'une main et de l'autre fouillait dans le tiroir de sa commode.

– J'ai laissé des instructions à une amie, tu es foutu ! dit faiblement Olivier.

Il se sentait devenir acteur d'un mauvais film policier, destiné à mal finir. Etre tué ne faisait pas partie de l'histoire trop parfaite qu'il avait imaginée.

– Avant qu'on te retrouve, je serai loin !

Sangredosse revenait à cloche-pied, un petit kriss malais au poing.

Olivier, la peur au ventre, voyait, impuissant, la mort avancer sur lui.

– Sa lame est enduite d'upas, tu m'en diras des nouvelles ! dit Sangredosse avec un rictus dément.

On entendit à ce moment des pas monter l'escalier de l'immeuble en courant.

– Au secours ! hurla Olivier à genoux.

– Police ! cria quelqu'un en réponse.

Sangredosse, qui brandissait déjà le poignard au-dessus du journaliste, resta figé de stupeur. Il hésita une seconde, fit volte-face et partit en claudiquant vers la fenêtre du séjour. Olivier se rua sur la porte, l'ouvrit à l'instant où David Magnan, accompagné par deux policiers, faisait irruption à l'étage.

– Il essaie de s'enfuir par la fenêtre! lança le jeune homme.

Les policiers le bousculèrent et se précipitèrent à l'intérieur.

– Halte à sommation, ne bougez plus! entendit-il.

Olivier s'adossa au chambranle de la porte, ses jambes, ses mains étaient agitées d'un tremblement irrésistible. Il ferma les yeux, prêta distraitement l'oreille au bruit des voix qui parvenaient de la pièce à côté. Il lui sembla entendre claquer des menottes. Une main se posa sur son épaule...

– Ça va, Olivier?

Le jeune homme ouvrit les yeux, vit la figure inquiète de David Magnan.

– Ça va, commissaire! Prenez garde au poignard, il est empoisonné.

– Rassurez-vous, nous n'y avons pas touché, à cause des empreintes.

Olivier, d'un geste saccadé, tendit au commissaire son petit magnétophone toujours en fonctionnement.

– Voilà ses aveux... J'espérais vous les ramener moi-même, mais je ne regrette pas que vous soyez venu les chercher! Comment avez-vous deviné?

– Je n'ai rien deviné, sans le coup de fil d'Angéla...

– Merci Angéla! dit Olivier dans un souffle.

L'AUTEUR

Michel Grimaud a vu le jour en 1968, presque par hasard. Sa mère, Marcelle Perriod, née en 1937 à Paris, et son père, Jean-Louis Fraysse, né en 1946 dans l'Aveyron, l'ont mis au monde dans le noir dessein de lui faire signer les romans qu'ils écrivaient ensemble. Comme un enfant de l'assistance publique, il ne porte même pas le nom de ses parents. C'est sans doute pourquoi il souffre du complexe du pseudonyme et déteste raconter sa vie. Michel Grimaud aime la pluie quand il fait chaud, le soleil quand il neige et il souhaite en général vivre ailleurs que là où il habite. Néanmoins, depuis son premier livre, paru alors qu'il avait à peine un an, il a toujours plus ou moins vécu dans le Midi, où il partage son temps entre le piano – un amour qu'il tient de sa mère –, le « bidouillage » sur son ordinateur – passion héritée de son père –, le débroussaillage des bois environnants, et l'écriture.

AGATHE EN FLAGRANT DÉLIRE
Sarah Cohen-Scali.

À L'HEURE DES CHIENS
Évelyne Brisou-Pellen.

ALLÔ ! ICI LE TUEUR
Jay Bennett.

ARRÊTEZ LA MUSIQUE !
Christian Grenier.

ASSASSIN À DESSEIN
Claire Mazard.

L'ASSASSIN CRÈVE L'ÉCRAN
Michel Grimaud.

L'ASSASSIN EST UN FANTÔME
François Charles.

BASKET BALLE
Guy Jimenes.

LE CADAVRE RENVOIE L'ASCENSEUR
Hervé Fontanières.

CENT VINGT MINUTES POUR MOURIR
Michel Amelin.

CHAPEAU LES TUEURS !
Michel Grimaud.

LE CHAUVE ÉTAIT DE MÈCHE
Roger Judenne.

COUPABLE D'ÊTRE INNOCENT
Amélie Cantin.

COUP DE BLUES POUR DAN MARTIN
Lorris Murail.

COUPS DE THÉÂTRE
Christian Grenier.

DES CRIMES COMME CI COMME CHAT
Jean-Paul Nozière.

CROISIÈRE EN MEURTRE MAJEUR
Michel Honaker.

DAN MARTIN DÉTECTIVE
Lorris Murail.

DAN MARTIN FAIT SON CINÉMA
Lorris Murail.

DAN MARTIN FILE À L'ANGLAISE
Lorris Murail.

LE DÉMON DE SAN MARCO
Michel Honaker.

LE DÉTECTIVE DE MINUIT
Jean Alessandrini.

DRAME DE CŒUR
Yves-Marie Clément.

DRÔLES DE VACANCES POUR L'INSPECTEUR
Michel Grimaud.

L'ENFER DU SAMEDI SOIR
Stéphane Daniel.

HARLEM BLUES
Walter Dean Myers.

L'HÔTEL MAUDIT
Alain Surget.

L'IMPASSE DU CRIME
Jay Bennett.

L'INCONNUE DE LA SEINE
Sarah Cohen-Scali.

LE LABYRINTHE DES CAUCHEMARS
Jean Alessandrini.

LA MALÉDICTION DE CHÉOPS
Jean Alessandrini.

MENSONGE MORTEL
Stéphane Daniel.

MYSTÈRE AU POINT MORT
Évelyne Brisou-Pellen.

LE MYSTÈRE CARLA
Gérard Moncomble.

NE TE RETOURNE PAS
Lois Duncan.

L'OMBRE DE LA PIEUVRE
Huguette Pérol.

OMBRES NOIRES POUR NOËL ROUGE
Sarah Cohen-Scali.

ON NE BADINE PAS AVEC LES TUEURS
Catherine Missonnier.

L'ORDINATUEUR
Christian Grenier.

PAS DE QUOI RIRE !
Jean Alessandrini.

PIÈGES ET SORTILÈGES
Catherine Missonnier.

POURSUITE FATALE
Andrew Taylor.

QUI A TUÉ ARIANE ?
Yves-Marie Clément.

**RÈGLEMENT DE COMPTES
EN MORTE-SAISON**
Michel Grimaud.

SIGNÉ VENDREDI 13
Paul Thiès.

LA SORCIÈRE DE MIDI
Michel Honaker.

SOUVIENS-TOI DE TITUS
Jean-Paul Nozière.

UN TUEUR À LA FENÊTRE
Stéphane Daniel.

LE TUEUR MÈNE LE BAL
Hervé Fontanières.

LE VAMPIRE CONTRE-ATTAQUE
Hervé Fontanières.

LES VISITEURS D'OUTRE-TOMBE
Stéphane Daniel.

LES VOLEURS DE SECRETS
Olivier Lécrivain.

LE COMMANDEUR

LE CACHOT DE L'ENFER
Michel Honaker.

LE CHANT DE LA REINE FROIDE
Michel Honaker.

LA CRÉATURE DU NÉANT
Michel Honaker.

LE GRAND MAÎTRE DES MÉMOIRES
Michel Honaker.

MAGIE NOIRE DANS LE BRONX
Michel Honaker.

LES MORSURES DU PASSÉ
Michel Honaker.

LES OMBRES DU DESTIN
Michel Honaker.

RENDEZ-VOUS À APOCALYPSE
Michel Honaker.

LE SORTILÈGE DE LA DAME BLANCHE
Michel Honaker.

TERMINUS : VAMPIRE CITY
Michel Honaker.

LES AILES NOIRES DE LA NUIT
Jean-Marc Ligny.

AMIES SANS FRONTIÈRES
Hélène Montardre.

LE CHEVALIER DE TERRE-NOIRE
Michel Honaker.
Tome 1
L'ADIEU AU DOMAINE
Tome 2
LE BRAS DE LA VENGEANCE
Tome 3
LES HÉRITIERS DU SECRET

DANSE AVEC LES SPECTRES
Sarah Cohen-Scali.

ERWAN LE MAUDIT
Michel Honaker.

LA FILLE DE TROISIÈME B
Christian Grenier.

L'HÉRITIER DU DÉSERT
É. Brisou-Pellen.

MAX EST AMOUREUX
Roselyne Bertin.

MINI MAX ET MAXI DURS
Roselyne Bertin.

LE PIANISTE SANS VISAGE
Christian Grenier.

LE PRINCE D'ÉBÈNE
Michel Honaker.

LE REBELLE DE QUATRIÈME
Jean-Paul Nozière.

RENDEZ-VOUS EN ENFER
Hervé Fontanières.

UN SI TERRIBLE SECRET
É. Brisou-Pellen.

LE SORCIER AUX LOUPS
Paul Thiès.

UNE VIE À TOUT PRIX
Roger Judenne.

LES ANNÉES COLLÈGE

BLT ou L'ÉTÉ BASKET
Catherine Dunphy.

CAROLINE ou L'AMOUR EN VERT
Catherine Dunphy.

JOEY ou LES COPAINS D'ABORD
Kathryn Ellis.

**LUCY ou
RÊVES INTERDITS**
Nazneen Sadiq.

**MÉLANIE ou
LE JOURNAL D'UNE QUATRIÈME**
Susin Nielsen.

Jean-Sébastien Bach
ou
LA CANTATE DES ANGES
Michel Honaker.

Joseph Haydn
ou
LE MUSICIEN DES PRINCES
Michel Honaker.

Franz Schubert
ou
LE CHANT DES AULNES
Michel Honaker.

Frédéric Chopin
ou
NOCTURNE POUR UNE PASSION
Michel Honaker.

Wolfgang Amadeus Mozart
ou
CONCERTO POUR UN MAGICIEN
Michel Honaker.

Richard Wagner
ou
L'OPÉRA DES TEMPÊTES
Michel Honaker.

Hector Berlioz
ou
LA MÉLODIE FANTASTIQUE
Michel Honaker.

Ludwig van Beethoven
ou
LA SYMPHONIE DU DESTIN
Michel Honaker.

Achevé d'imprimer en mars 1999
sur les presses de l'Imprimerie Moderne de l'Est
25110 Baume-les-Dames
Dépôt légal : mars 1999
N° d'édition : 3235
N° impression : 13209